KB237121

무정철협

월인 新무협 판타지 소설

FANTASTIC ORIENTAL HEROES

무정철협 6

월인 新무협 판타지 소설

초판 1쇄 찍은 날 § 2013년 5월 6일
초판 1쇄 펴낸 날 § 2013년 5월 13일

지은이 § 월인
펴낸이 § 서경석

편집부장 § 권태완
편집책임 § 박우진
편집 § 박은정

펴낸곳 § 도서출판 청어람
등록번호 § 제1081-1-89호
등록일자 § 1999. 5. 31
어람번호 § 제2-2337호

주소 § 경기도 부천시 원미구 심곡2동 163-2 서경B/D 3F (우) 420-822
전화 § 032-656-4452 팩스 § 032-656-4453
http://www.chungeoram.com
E-mail § chungeorambook@daum.net

ⓒ 월인, 2013

ISBN 978-89-251-3281-5 04810
ISBN 978-89-251-3131-3 (세트)

무정철협

월인 新무협 판타지 소설

6

대법(大法)

FANTASTIC ORIENTAL HEROES

도서출판 청어람

目次

第六十三章
살인멸구

펑!

펑!

독탄이 터지며 푸른색을 띤 독분이 추곡선을 향해 날아오
기 시작했다.

마침 추곡선을 향해 불어오는 강바람을 타고 독분은 더욱
빠른 속도로 날아왔다.

"독분이다!"

"바람이 너무 세차!"

이수찬과 성권일 등이 새파랗게 질린 얼굴로 비명성을 터
뜨렸다.

이런 살벌한 상황은 상상조차 하지 못했다.

가문이나 문파에서 비무만 하던 그들은 죽음이 코앞에 닥치는 상황을 연속적으로 마주치자 혼이 빠져 달아나는 심정이었다.

휘익─

놈들이 독탄을 준비하는 순간 급히 추곡선으로 날아온 유한성은 독분을 쳐다보며 차갑게 분노했다.

무림인이라면 공분을 면치 못할 수법들이었지만 동창 놈들은 그런 것에 전혀 거리끼지 않았다.

엄밀히 말하면 놈들은 강호무림인이 아니다.

놈들은 무공을 오로지 자신들 임무를 위한 수단이나 기술로 이용하는 관원일 뿐이다.

그런 놈들이니 수단과 방법을 가리지 않았고, 그 수단 또한 악독하기 짝이 없었다.

강바람을 타고 날아오는 독분은 맹독이 분명했다.

한 모금만 마셔도 목숨이 위태로울 것이고 피부에 닿는 것만으로도 중독될 것이다.

우우웅─

유한성은 내력을 최대한으로 끌어올렸다.

어느 순간 유한성이 수면을 향해 무겁게 검을 휘둘렀다.

파아아앙─

유한성의 검에서 폭발음이 터졌다. 그와 함께 엄청난 기세의 검풍이 수면으로 뻗어 나갔다.

퍼펑!

검풍이 사정없이 수면을 두드리자 강물에 집채만 한 구덩이가 파이며 거대한 물줄기가 허공으로 튀어올랐다.

"어엇!"

"엄마야!

추곡선보다 더 큰 강물 구덩이에 추곡선이 빨려들 듯 휘청거리자 유병학과 사진혜가 경호성을 지르며 난간을 붙잡았다.

츄아악—

튀어오른 물줄기가 거대한 장막이 되어 앞으로 뻗어 나갔다.

그 엄청난 물줄기에 날아오던 독분들이 거세게 휩쓸리며 강물 속으로 씻겨 내려갔다.

파아앙—

유한성의 검이 다시 검풍을 토해냈다.

아까와 비슷한 물줄기가 튀어오르며 남은 독분마저 모조리 휩쓸어갔다.

파파팡—

놀란 표정으로 멍하니 쳐다보던 생사혈검 오필만도 검을 휘둘러 검풍을 터뜨렸다. 그리고 유한성의 검에 의해 튀어오른 물줄기들을 더욱 넓게 퍼져 나가게 만들었다.

츄아아악—

두 번에 걸친 물줄기의 장막이 터져 오른 후 허공에는 한줄기의 독분도 남아 있지 않았다. 대신 강물로 흡수된 독분들에 의해 근처의 물고기들이 허옇게 배를 뒤집으며 떠오르고 있었다.

그것으로 보아 동창 놈들이 터뜨린 독분이 얼마나 지독한 것인지 짐작이 갔다.

"비열한 놈들!"

독분 공격에서 벗어난 성권일이 이를 갈았다.

아직 강호초출이나 마찬가지인 그로서는 이런 독한 수법은 용납이 되지 않았다.

"남은 독탄도 모조리 터뜨려라!"

기가 막힌 표정을 짓고 있던 양명호가 악에 받친 고함을 질렀다.

"독탄이 떨어졌습니다."

부하들이 고함을 질렀다.

"독화살을 쏴라!"

양명호가 발작적으로 고함을 질렀다.

피피핑—

독분을 던진 뒤쪽의 부하들이 독화살을 날렸다.

유한성과 오필만이 추곡 가마니들을 던졌다.

철썩!

철썩!

독화살을 막은 추곡 가마니들이 강물 표면으로 떨어졌다. 그리고 그것들은 징검다리 역할을 했다.

파팟!

유한성의 신형이 가마니들을 박차며 다시 쏘아졌다.

"쏴라!"

양명호가 고함을 쳤다.

그러나 한발 앞서 유한성의 검에서 강맹한 검풍이 터졌다.

콰앙—

쾌선의 선수 앞에서 물줄기 튀어오르며 쾌선이 뒤집힐 듯 출렁거렸다.

보통의 배보다 폭이 훨씬 좁고 깊이도 얕은 쾌선이기에 물줄기에 휩쓸리는 것만으로도 가랑잎처럼 요동쳤다.

번쩍!

쾌선으로 뛰어오른 유한성의 검이 허공을 갈랐다.

세 명의 사내가 동시에 물속으로 처박혔다.

목이 잘리고 가슴이 길게 갈라진 그들은 물속으로 떨어지는 즉시 물귀신이 되었다.

그들의 시신을 징검다리 삼아 박차고 유한성이 다른 쾌선으로 날아올랐다.

그곳에서도 순식간에 지옥도가 펼쳐졌다.

딱!

딱!

양명호의 이가 소리 나게 부딪쳤다.

쾌선에 탄 부하들이 연이어 물속으로 처박히고 있었다.

이번에는 검기를 뿌리지 않았지만 부하들은 추풍낙엽이
따로 없었다.

형 양신호와 다른 두 명의 당두가, 또 그들이 데려간 번역
서른 명이 그렇게 덧없이 베어진 이유를 알 것 같았다.

놈의 검은 그야말로 악마의 발톱이었다. 그러니 그 사부인
청해마검은 어땠을지 짐작이 갔다.

처음에는 수투전과 독화살 등으로 조금 우위를 점했지만
얼마 지나지 않아 수세에 몰렸다. 그리고 이젠 전투가 아니라
일방적인 도살이 자행되고 있었다.

자신이 탄 쾌선만 무사하고 다른 쾌선에 탄 부하들과 쾌룡
방 방도들은 모조리 도륙되어 가고 있었다.

저놈은 인간이 아니라 사신이었다.

또한 자기 사부보다 훨씬 더 악독하고 잔혹했다.

"전속력으로 후퇴하라!"

양명호가 발작적으로 고함을 질렀다.

자신의 목적은 하유걸을 잡아 청해마검이 살아 있다는 사
실을 확인하는 것이다.

그것이 확인되면 오룡회가 아직 건재하고 언젠가 힘을 모

아 복수를 시도할 것이라는 보고서를 조작해 올려 동창의 힘으로 놈들을 붙잡은 후 형의 원수를 갚을 작정이었다.

청해마검이 오룡회의 일원이었으니 그가 살아 있다는 확실한 증거만 제시하면 동창은 삭초제근하기 위해 모든 힘을 다 쏟아 놈을 잡을 것이다.

그땐 아무리 청해마검이라도 별수 없다.

그런데 청해마검의 신위에 버금가는 제자 놈이 이 자리에 나타났다.

하유걸이라면 모르겠지만 청해마검은 자신이 어찌할 상대가 아니었다.

이젠 필사적으로 탈출하여 놈의 존재를 알리고 동창의 총력을 동원하여 놈들을 소탕해야 한다.

휘이잉!

돛이 터질듯 휘어지며 쾌선이 강변을 향해 나아가기 시작했다.

파앗—
팟!
마지막 남은 사내들을 다 베어버린 유한성이 벌벌 떨고 있는 쾌룡방 방도 두 놈에게 검을 들이밀었다.

"저 배를 따라 잡으시오."

유한성이 나직하게 지시했다.

고함이 아닌, 낮은 목소리!

하대가 아닌, 정중한 어조!

그래서 더 섬뜩한 공포가 느껴졌다.

쾌룡방 사내들은 저승사자를 본 듯 얼어붙었다.

"어서!"

유한성이 고함을 지르자 비로소 쾌룡방 사내들이 몸을 움직였다.

팽—

즉시 돛이 당겨지며 유한성이 탄 배가 도주하는 양명호의 배를 쫓았다.

"배를 저쪽으로!"

오성상단의 상선 위에서 채호영이 선원들을 향해 고함을 질렀다.

그곳은 양명호가 필사적으로 도주하는 방향이었다.

"위험합니다!"

늙은 선원이 목소리를 높였다.

놈들이 화탄까지 던지며 추곡선을 공격하는 모습을 똑똑히 보았다. 그런 놈들의 전방을 막아섰다가는 어떤 횡액을 당할지 몰랐다.

"모든 책임은 내가 질 테니 어서 배를 모시오."

채호영이 날이 선 음성으로 고함을 질렀다.

늙은 선원이 움찔 목을 움츠렸다.

언제나 한량처럼 건들거리던 그가 이렇게 서슬이 퍼렇게 고함치는 모습은 처음이었다.

“우현의 밧줄을 당겨라.”

늙은 선원이 고함을 지르자 돛이 옆으로 돌며 배가 방향을 바꾸었다.

“대체 어쩌려고 그래요, 오라버니!”

채영영이 파랗게 질린 모습으로 오빠 채호영을 쳐다보았다.

유한성에게는 가차없이 베어졌지만 놈들은 절대로 만만한 인간들이 아니었다.

“관원들일지도 모릅니다.”

누군가 우려 섞인 목소리로 말했다.

그는 양명호 등이 소매에 장착된 화살을 뿌리고, 일반인들은 소유가 금지된 화탄을 던지는 것으로 보아 범상치 않은 신분임을 알아챈 것이다.

“모든 책임은 내가 지오. 다른 사람들은 엄폐물 뒤로 몸을 숨기시오.”

채호영이 고함을 질렀다.

밧줄을 잡은 몇몇 선원만 남고 채영영을 비롯한 모든 사람이 선실로 들어가거나 화물 뒤로 몸을 숨겼다.

그사이 양명호가 탄 쾌선이 방향을 틀며 쏜살같이 달려왔다.

“저쪽으로!”

채호영이 다시 지시를 내렸다.

그곳은 양명호가 탄 쾌선이 방향을 튼 곳이었다.

“그럼 부딪칠 수도 있습니다.”

“어서!”

채호영이 다시 고함을 질렀다.

“비켜라!”

상선이 재차 앞을 막아서자 양명호가 탄 쾌선에서 고함 소
리가 터져 나왔다.

둘 중 하나가 속도를 멈추지 않으면 충돌이 불가피했다.

“비켜라, 이 잡놈들아!”

번역 하나가 고함을 지르며 화탄을 집어 들었다.

“당신들이 비켜가시오. 우리 배는 무게가 있어 불가능하
오.”

채호영이 마주 고함을 질렀다.

“이 죽일 놈들!”

번역이 화탄을 던졌다.

콰앙—

폭음과 함께 채호영이 탄 상선 앞쪽에서 물기둥이 터져 오
르며 물결이 파도가 되어 사방으로 퍼져 나갔다.

촤아악!

격랑에 휩쓸린 상선이 크게 요동쳤다. 그러나 그 크기가 워

낙 컸기에 쉽게 방향이 바꾸어지지 않았다.

결국 쾌선이 속도를 줄이고 방향을 바꿀 수밖에 없었다.

촤아아—

물결이 부서지며 양명호가 탄 쾌선이 급격히 방향을 바꾸었다. 동시에 쾌선의 속도가 급격히 떨어졌다.

쐐애액—

파공음과 함께 속도가 줄어든 쾌선을 향해 검 한 자루가 섬전처럼 날아왔다.

"피해!"

양명호를 비롯한 동창의 번역들이 사색이 된 채 몸을 숙였다.

그러나 날아온 검의 목표는 그들이 아니었다.

파파팍—

검은 쾌선의 돛에 연결된 밧줄 세 개를 한꺼번에 자르며 되돌아갔다.

이제 양명호가 탄 배는 더 이상 쾌선이 아니었다.

밧줄이 잘린 돛이 이리저리 흔들렸다. 그에 따라 쾌선도 방향을 잃고 빙그르르 돌았다.

그사이 유한성이 탄 쾌선이 지척으로 다가왔다.

"모두 상선에 올라라!"

양명호가 고함을 질렀다.

폭이 좁은 쾌선을 고집하다가는 순식간에 베어질 것이다.

상선에 올라 화물들을 엄폐물로 삼고 공격을 하는 것이 최선이었다.

휘익—

휘익—

양명호를 비롯한 부하 다섯 명이 채호영이 탄 상선으로 뛰어올랐다.

양명호가 눈에 불을 켜고 채호영이 섰던 자리를 쳐다보았다.

어디로 숨었는지 채호영은 사라지고 보이지 않았다. 또한 선원들의 모습도 감쪽같이 사라졌다.

"쳐죽일!"

양명호가 이를 갈았지만 계속 그들에게 관심을 둘 수 없었다. 어느새 유한성이 탄 쾌선이 지척으로 다가오고 있었다.

파앗—

마지막 남은 두 명의 쾌룡방도를 베어버린 후 쾌선의 선수(船首)에 서 있던 유한성이 신형을 날렸다.

그와 동시에 양명호의 손에서 화탄이 날았다.

쉬이익—

유한성이 허공에서 검을 휘둘렀다.

백광이 난무하며 화탄이 수십 조각으로 쪼개졌다.

푸쉬쉬—

김이 빠지는 소리와 함께 화탄조각들이 하얀 연기만 일으킨 채 산화했다.

살막의 살수들에게 쫓기며 사부 한조산이 살수들이 던진 화탄을 상대하던 방법이었다.

턱!

자욱한 연기를 뚫고 상선의 갑판에 내려선 유한성이 양명호와 그의 부하들을 향해 차가운 안광을 뿌렸다.

"한성… 한성인가요?"

더 이상 싸움의 기색이 없고 조용해진 추곡선 선실에서 갑판으로 나온 하수린이 유한성이 날아 내린 상선 쪽을 쳐다보며 떨리는 음성으로 물었다.

"그가 아니면 누구겠느냐."

하유걸이 고개를 끄덕이며 담담히 답했다.

하수린은 더 이상 아무 말도 못하고 두 줄기 눈물을 흘렸다.

얼마나 기다렸던 순간이던가?

얼마나 보고 싶었던 사람인가?

거리는 멀었지만 그의 모습이 박히듯 눈에 들어왔다.

이젠 예전의 어린 모습은 찾아볼 수 없이 건장한 사내가 되어 있었다. 그리고 한 마리 거대한 수룡처럼 강물 위를 휩쓸고 있었다.

강물 위에는 수십 구의 시신이 떠 있었다.

　모두 피풍의를 걸친 사내들이었다.

　그동안 악마의 그림자처럼 따라붙었던 사내들이 틀림없었다. 그리고 그들은 지금 유한성의 검에 모조리 베어져 강물 위를 떠다니고 있었다.

　하수린의 가녀린 신형이 휘청 흔들렸다.

　끔찍한 모습 때문이기도 했고, 그동안의 모든 긴장과 피로가 한꺼번에 몰려오며 서 있을 힘도 없었기 때문이다.

　"수린아!"

　임소령이 얼른 하수린을 부축했다.

　"나 좀 세워줘요."

　중심을 잃은 하수린이 억지로 상체를 세워 상선 쪽으로 시선을 고정했다.

　"역시 와주었구나."

　하정욱이 격정에 찬 음성으로 중얼거렸다.

　하정탁과 하정현도 가쁜 숨을 내쉬며 유한성의 신형에 시선을 고정했다.

　유한성은 상선 위에서 여섯 사내와 대치하고 있었다.

　멀리서 보아도 철탑 같은 강건함을 느끼게 하는 어깨였다. 그러면서도 한 자루 검처럼 시퍼런 기도가 이곳까지 전해졌다.

　"어서 저쪽으로 가요!"

　하수린이 재촉했다.

“아직은 위험하다. 조금만 더 기다리자꾸나.”
하유걸이 하수린을 달랬다.
“하지만……”
하수린은 한 발짝이라도 더 유한성과 가까워지고 싶은 마음뿐이었다.
“잠시만 기다리거라. 그러면 그가 이리로 올 것이다.”
하유걸이 재차 하수린을 달랬다.
하수린은 고개를 끄덕이며 유한성에게 시선을 고정시켰다.

“네놈은 청해마검의 진전을 이었구나. 그것이 확인된 이상, 절대 우리의 손에서 벗어나지 못한다.”
양명호가 이를 갈며 내뱉었다.
“그럴까? 내가 들은 정보에 의하면 동창은 이미 내 사부님을 잊은 것으로 아는데.”
잠시 양명호를 쳐다보던 유한성이 차갑게 대꾸했다.
“하지만 네놈이 나타났으니 이젠 다시 기억할 것이다.”
양명호가 진득한 살기를 피워올리며 말했다.
“이럴 때 꼭 어울리는 말이 있지.”
유한성이 담담하게 말했다.
“……”
“살인멸구.”

유한성의 말을 들은 양신호의 얼굴이 급격히 일그러졌다.

모두 죽여 입막음을 하겠다는 말이었다.

자신이 청해마검을 추적한 일은 철저히 개인적인 일이었고 비밀리에 추진한 일이기도 했다. 그래서 모두 죽고 나면 묻혀 버릴 수도 있었다.

예전 같으면 동창의 집요한 일처리 방식으로 자신들의 죽음을 철저히 조사하고 청해마검까지 파헤칠 수도 있었다.

하지만 세상이 바뀌며 동창도 많이 바뀌었다.

팽팽한 세력싸움 속에서 칼날처럼 날카롭던 기운은 권력을 장악하며 사라져 버렸다.

적들의 흔적을 귀신같이 찾아내던 그들의 눈은 이제 눈먼 돈을 찾아내는 데 더욱 혈안이 되어 있었고, 사냥개보다 더 예민하던 후각은 기름기가 덕지덕지 달라붙어 돈 냄새 외 다른 냄새는 맡으려고 하지도 않았다.

그런 동창이니 개인적인 일을 처리하다 실종된 자신의 존재는 조사조차 하지 않고 덮어버릴 공산이 높았다. 그리고 자신의 자리는 자신보다 더 많은 뒷돈을 찔러주는 다른 놈에게 돌아갈 것이다.

"어떻게 하든 네놈들은 결국 우리 손에 잡히게 될 것이다. 그리고 처절한 고문 속에 죽어갈 것이다. 아마도 병에 걸린 계집은 한 식경도 견디지 못하고 죽을 것이다. 아니, 악착같이 살려서 제일 혹독하게 고문할 것이다. 제일 약한 곳에서 제일 많은 정보가 새어 나오니까 말이야.”

양명호는 저주를 하듯 고함을 질렀다.

유한성은 묵묵히 양명호를 쳐다보았다.

“짐작이 가는군.”

잠시 후 유한성이 불쑥 내뱉었다.

“……?”

“예전에 내 사부께서 소나무 위에 숨어서 은하표국을 엿보던 쥐새끼 두 마리를 처치한 적이 있었지. 그중 한 마리는 처음부터 깨끗하게 베어버렸지만 나머지 한 마리는 사부께서 일부러 놓아준 줄도 모르고 악을 쓰며 도망갔지. 허리가 반쯤 갈라지고 중독까지 된 채 죽을힘을 다해 도망갔으니 마지막 순간까지도 지독한 고통 속에서 몸부림치다가 눈을 감았을 것이야. 당신은 그 쥐새끼와 쏙 빼닮았군.”

유한성의 말에 양명호의 얼굴이 처참하게 일그러졌다.

그동안 짐작만 하고 있던 형의 최후가 생생히 그려졌다.

온몸의 피가 역류하는 심정이었다.

저주를 퍼부어 상대를 격앙시키려 했는데 오히려 몇 배로 되돌려 받은 셈이었다.

“찢어죽이겠다!”

양명호가 이를 뿌드득 갈며 검병이 터질듯 검을 부여잡았다.

유한성이 피식 웃었다.

"무슨 수로?"

동창이 악랄하고 그 당두들은 하나같이 고수 아닌 자가 없다고 했지만 고수와 절정고수는 하늘과 땅 차이다.

청해성 제일의 마검 한조산의 진전을 그대로 이은 유한성은 양명호와는 까마득한 차이를 보이고 있었다.

"죽인다!"

양명호 옆에 있던 다섯 명의 부하도 일그러진 얼굴로 유한성의 주변을 둘러쌌다.

상대가 안 된다는 것은 뼈저리게 느꼈지만 한칼이라도 먹이고 죽겠다는 독기가 전신으로 흘렀다.

"타앗!"

사내 하나가 먼저 몸을 날렸다. 뒤를 따라 네 명의 번역도 제각각의 방향으로 신형을 날리며 쇄도해 들었다.

차창—

유한성의 검이 제일 먼저 다가든 사내의 검을 쳐 냈다.

사내의 검이 순식간에 두 동강이 나며 날아갔다. 동시에 유한성의 검이 사내의 복부를 길게 가르며 지나갔다.

째째째쨍—

다시 네 자루의 검이 허공으로 떠올랐다.

그들은 충격파를 이기지 못하고 아예 검을 놓쳐 버리고 만 것이다.

서격!

서걱!

네 사내의 가슴이 동시에 벌어지며 선혈이 튀어올랐다.

누구의 가슴이 먼저 벌어졌는지 분간도 가지 않는 순간이었다.

악마의 발톱!

유한성의 검은 그 표현이 딱 어울렸다.

“이런 개 같은…….”

사내 하나가 쥐어짜듯 중얼거리며 바닥으로 뒹굴었다.

풍덩!

풍덩!

뱃전 가까이에 있던 다른 사내들은 물속으로 떨어져 내렸다.

양명호의 부하들을 모두 베어버린 유한성은 천천히 신형을 돌려 양명호를 쳐다보았다.

유한성의 시선을 받은 양명호가 주춤거리며 뒤로 물러섰다.

부하들을 모두 베어버렸음에도 불구하고 유한성의 눈에는 한 점의 감정도 실려 있지 않았다.

또한 호흡 역시 한 점 흐트러지지 않고 착 가라앉아 있었다.

설사 악마라 해도 이러지는 않을 것 같았다.

불식간에 뒤로 물러나던 양명호는 이를 갈며 신형을 다잡

왔다.

몸이 절로 떨려왔지만 죽음을 각오하자 한 가닥 오기가 솟구쳤다.

어차피 죽을 목숨, 마지막 순간에 쥐새끼처럼 초라해지고 싶지 않았다.

양명호는 검을 잡은 손에 힘을 주었다.

우우웅—

모조리 끌어올린 진기가 검에 흘러들어 검이 포효를 토했다.

"이놈!"

고함을 지른 양명호의 신형이 빨랫줄처럼 늘어나며 다가와 유한성의 심장을 향해 벼락처럼 검을 휘둘렀다.

그의 검에서 시퍼런 불길이 한 자나 솟아올랐다.

검기였다.

감추고 있던 양명호의 무공이 검기를 통해 모조리 발산되었다.

시퍼런 검기가 유한성의 심장을 가르려 하는 찰나, 그의 신형이 그 자리에서 푹 꺼지며 일 장 옆에서 솟아올랐다.

순식간에 신형을 이동시키는 이형환위에 가까운 신법이었다.

눈을 부릅뜬 양명호가 다시 검을 휘둘렀다.

아까보다 한 뼘은 더 길어진 검기가 유한성의 목을 갈라왔다.

천주부동의 자세로 갑판에 발을 붙인 유한성이 같이 검을
뻗었다.

쉬이잉—

유한성의 검에서 새하얀 그물이 쏟아졌다. 그리고는 양명
호의 검에서 피어오른 검기를 가두어갔다.

양명호와는 비교도 안 되는 수준의 마라검기였다.

눈을 부릅뜬 양명호가 미친 듯이 검을 휘둘러 전신을 뒤덮
어오는 검망을 잘라갔다.

파치치치칭!

고막을 찢을 듯한 기음이 울리며 그물망 같은 검기가 흔들
렸다.

그러나 그뿐이었다.

악마의 그물 같은 검망은 양명호의 전신을 스쳐 지나갔다.

파앗—

양명호의 가슴이 쩍 갈라졌다. 동시에 그의 양 어깨와 허리
에서도 선혈이 튀어올랐다.

단 일격에 그의 몸이 걸레처럼 너덜해진 것이다.

"이 정도로……."

양명호가 쥐어짜듯 신음을 토했다.

"누군가를 쫓으려면 신상 파악부터 제대로 해야지."

쉬익—

유한성의 검이 다시 허공을 갈랐다.

목이 달아난 양명호의 몸이 피를 뿌리며 물속으로 처박혔다.

뒤이어 그의 수급도 몸을 따라 물속으로 잠겼다.

만남
第六十四章

촤아악―

상선이 추곡선을 향해 나아갔다.

추곡선도 상선을 향해 다가오고 있었다.

상선의 선수에는 유한성이 옷자락을 날리며 서 있었다.

추곡선의 선수에는 하수린이 임소령의 부축을 받으며 서 있었다.

그들 뒤로 모든 사람이 두 사람의 재회 장면을 지켜보고 있었다.

지금까지의 모든 일이 이 순간 두 사람의 재회를 위해서였다는 것은 모두 짐작하고 있었다.

서서히 두 사람이 가까워졌다.

오 장!

사 장!

…….

…….

일 장의 거리로 가까워졌을 때 추곡선과 상선이 전진을 멈추었다. 이젠 가만히 두어도 자연스럽게 닿을 터였다.

집념 덩어리의 표상처럼 굳게 다물려 있던 유한성의 입술 양끝이 위로 올라갔다.

입가로부터 시작된 미소가 천천히 얼굴 전체로 번져 갔다.

익숙하지 않게 느껴지는 미소였다.

그러나 그 어떤 미소보다 더 강하게 가슴을 격동시키는 미소였다.

마주보고 있던 하수린의 얼굴에서도 미소가 번져 나갔다.

보일 듯 말 듯하던 유한성의 미소와는 달리 온 세상의 꽃이 활짝 피어나는 것 같은 미소였다.

한동안 시간이 정지한 것 같았다.

"오랜만이야."

유한성이 여전한 미소와 함께 말했다.

"그래!"

하수린의 미소가 더 짙어졌다.

"예뻐졌네."

유한성이 다시 말했다.

"거짓말!"

하수린이 볼을 붉히며 대꾸했다.

"역시 안 통해."

유한성의 미소도 좀 더 짙어졌다.

"멋대가리!"

하수린이 살짝 눈을 흘겼다.

"괜찮아?"

유한성이 미소를 지우고 물었다.

"이젠 괜찮아."

하수린이 더욱 환한 미소를 지었다.

"다행이야. 점심은?"

유한성이 고개를 끄덕인 후 다시 물었다.

"아직……."

하수린은 천천히 고개를 흔들었다.

"그럼… 같이 먹을까?"

"그래. 그렇게 해."

하수린이 활짝 웃으며 고개를 끄덕였다.

유한성은 훌쩍 몸을 날려 하수린의 옆으로 내려섰다. 그리고는 하수린의 손을 잡고 이젠 선수가 맞닿은 상선을 향해 천천히 하수린을 이끌었다.

하수린이 조심스럽게 유한성을 따랐다.

'뭐야, 저 인간들?

추곡선 뒤쪽에서 두 사람을 쳐다보던 사진혜는 눈 사이를 좁혔다.

설마 점심 한 끼 같이 먹자고 이 난리를 쳤다는 말인가?

그것도 피 냄새가 자욱한 이곳에서?

그건 절대로 아니다.

유한성은 처음부터 지금까지 줄곧 누군가를 기다리는 것 같았다.

필시 저 여인이리라.

그렇게 애타게 그리워하다가 만났는데 무슨 인사가 저 모양일까?

하다못해 포옹이라도 한 번 해야 하는 것이 아닌가?

아침에 헤어졌다 저녁에 만난 사람들도 저보다는 덜 무덤덤할 것이다.

'아침에 헤어졌다가 저녁에 만난 사람들……'

사진혜는 속으로 읊조렸다.

그랬다!

저 두 사람은 서로 헤어져 있었다고 생각하는 것이 아니었다.

한시도 헤어지지 않았다고 생각하기에 아침에 헤어졌다 저녁에 만나는 사람들만큼의 시간 간격도 느껴지지 않는 것이다.

그래서 그렇게 덤덤하게 대하는 것이다.

사진혜는 천천히 걸음을 옮기는 두 사람을 망연히 바라보았다.

두 사람은 오랜 세월 한시도 떨어지지 않고 저렇게 같이 걸어온 사람들처럼 자연스러웠다.

'많이 야위긴 했지만 너무 아름다워…….'

사진혜가 길게 한숨을 삼켰다.

"아앗!"

한숨을 끝내기도 전에 사진혜는 짧은 비명을 터뜨렸다.

유한성의 손을 잡고 오성상단의 화물선 위로 걸어가던 하수린이 휘청 중심을 잃고 쓰러져 버린 때문이었다.

그동안 극도의 긴장과 함께 피폐해질 대로 피폐해진 몸이 유한성을 만나 긴장이 풀리며 의식을 잃어버린 것이다.

"수린아!"

"수린아!"

고함 소리들이 들리는 가운데 유한성은 하수린을 안고 급히 화물선의 선실로 뛰어들었다.

"모두 옷을 벗긴 채 허리에 밧줄을 묶고 돌을 매달아 가라앉히시오!"

유한성이 하수린을 안고 급히 선실 안으로 들어간 후 채호영은 상단 호위무사들에게 명령을 내렸다.

호위무사들이 영문을 모르겠다는 듯 채호영을 쳐다보았다.

시체를 떠오르지 않게 하기 위해 허리에 돌을 묶고 가라앉히라는 말은 이해하겠는데 발가벗기라는 말은 납득이 가지 않은 것이다.

"그렇게 해야 혹시 그물에라도 걸려 떠오르더라도 신분을 확인 못할 게 아니오!"

채호영이 인상을 쓰며 고함을 질렀다.

옷차림과 착용한 장비, 싸우는 모습 등으로 판단해 보면 놈들은 악명 높은 동창의 창위들이 확실했다.

그런 놈 수십 명이 전멸을 당했으니 조만간 다른 놈들이 조사를 하러 나올지도 몰랐다. 그때를 대비해 철저히 뒷정리를 하고자 하는 채호영이었다.

"아, 알겠습니다."

이곳에 온 가내무사들의 호위대장인 사내가 얼떨떨한 표정과 함께 답했다.

소단주 채호영이 언제부터 저렇게 독한 인간이었는지 납득이 가지 않았다.

그는 부잣집 장남으로 태어나 언제나 세상에 걱정 하나 없는 풍류공자 같은 모습이었다.

무공을 익혔다고는 들었지만 어느 정도 수준인지도 모르

젰고, 쓰는 일도 거의 없었다.

언제나 여유있고 웃는 얼굴의 그에게 시비가 생길 리 없었다. 혹여 시비가 일어도 그는 한발 앞서 상대의 마음을 누그러지게 만들어 싸움보다는 협상으로 무마시켰다.

그런 면에 있어서는 타고난 상인의 아들 같았다.

그런데 위험천만한 기운을 풍기는 인간들을 망설임없이 막아서고, 또 시신을 아예 가라앉혀 버리라는 명령을 내리는 모습은 딴사람 같았다.

열 길 물속은 알아도 한 길 사람 속은 모른다는 말을 절감하게 만드는 순간이었다.

"어서 놈들의 옷을 모두 벗기고 돌을 매달아 시신을 가라앉혀라!"

서슬 퍼런 호위대장의 명령에 부하들이 아무런 대꾸도 못하고 시신들의 옷을 잘라내 알몸으로 만든 후 돌을 매달아 가라앉혔다.

"오늘 하루는 이곳에서 정박하도록 하겠소. 그러니 닻을 내리시오."

채호영이 이번에는 선원들 중 수장격인 노인에게 지시했다.

"소단주! 그럼 화물의 인도 또한 그만큼 늦어집니다."

노인이 놀란 눈으로 말했다.

"내가 책임지오. 그러니 그렇게 하시오."

채호영은 호위대장에게와 마찬가지로 단호하게 말했다.

"아, 알겠습니다."

너무 달라 보이는 채호영의 모습에 노인도 얼른 고개를 숙였다.

＊　　　＊　　　＊

타타탁!

선실 안으로 하수린을 안고 들어온 유한성은 타혈술로 하수린의 전신혈을 두드렸다.

어디 한 군데 이상이 있어서가 아니라 오음칠절절맥으로 태어나 전신혈맥이 격벽처럼 막혀 따로 노는 하수린이었다. 그리고 지금은 그 맥조차 너무 가늘었다.

타다다닥!

유한성은 계속해서 타혈술을 펼쳤다.

자신의 목숨이 경각에 달렸을 때 사부 한조산이 펼쳤던 타혈술이었다.

그 타혈술은 펼치는 사람의 무공 수준에 따라서 다 죽어가는 사람도 살려낼 만한 공능을 가지고 있었다.

사부 한조산만큼은 아니더라도 그의 진전을 고스란히 이어받은 유한성의 손끝에서 뻗어 나오는, 강하면서도 흐르는 물처럼 부드러운 진기는 혈을 통해 하수린의 몸 곳곳으로 스머들었다.

"으음!"

핏기 하나 없는 얼굴로 쓰러진 하수린이 가는 신음과 함께 정신을 차렸다.

"수린아!"

"정신이 드느냐, 수린아!"

하유걸과 임소령 등이 놀란 표정으로 하수린을 불렀다.

"괜찮아요. 그러니 걱정 마세요."

하수린이 가녀린 목소리로 답하며 미소를 지었다.

"그래. 그동안 너무 무리했다. 이젠 마음을 편안하게 가져라."

하유걸이 고개를 끄덕이며 하수린의 어깨를 가볍게 두드렸다.

앙상하게 뼈만 남은 어깨였지만 이젠 걱정하지 않아도 된다는 안도감에 더 이상 가슴이 아프지 않았다.

"걱정했지?"

하수린이 흐릿하게 웃으며 유한성을 쳐다보았다.

"그래. 하지만 조금만 참아. 천 의원님이 자신있다고 하셨으니 곧 낫게 될 거야."

유한성은 타혈술을 멈추고 묵묵히 고개를 끄덕였다.

"흑!"

천 의원이 자신했다는 말에 임소령이 참았던 울음을 터뜨렸다.

그동안 얼마나 노심초사하며 살았던가?

그 모든 기억이 한꺼번에 떠오르며 격정을 멈추지 못하게 했던 것이다.

"깨어나자마자 잠이 오네. 좀 자도 되지?"

하수린이 하품을 하며 물었다.

심신의 모든 긴장이 풀리고 편안해지자 몸은 자연스럽게 그동안 취하지 못했던 휴식을 요구하고 있었다.

"그래. 자고 싶은 만큼 푹 자. 자고 나서 같이 점심 먹자."

유한성이 미소를 지었다.

그 미소에 화답하듯 하수린도 백목련 같은 미소를 지으며 눈을 감았다.

"이 자식! 정말 너냐? 정말 너란 말이지?"

하수린이 잠에 빠져들자 그녀의 막내 오빠 하정욱이 와락 달려들며 유한성을 안았다.

은하표국의 대숲에서 유한성에게 무공의 기본을 가르치고 참장수련을 시킬 때는 자신이 손가락 두 마디 정도는 더 컸는데 지금은 오히려 한 뼘 이상 작았다.

하정욱이 작은 키라서가 아니었다.

어릴 때부터 무공 수련으로 단련된 그는 형제 중에서 제일 컸다.

그럼에도 그런 차이가 나는 것은 유한성이 바위처럼 단단

하면서 키도 보통 사람들보다 훨씬 컸기 때문이다.

"정말 한성이 네가 맞는 거지?"

하정욱은 여전히 믿어지지 않는 눈으로 유한성을 올려다보며 어깨를 마구 흔들었다.

"왜 이렇게 안 컸습니까, 형님은?"

유한성은 예전에 대숲에서 수련할 때의 말투로 대꾸하며 미소를 지었다.

"자식아! 네가 너무 많이 큰 때문이지 내가 안 큰 거냐?"

하정욱이 비로소 현실감이 드는지 유한성의 어깨를 더욱 세차게 흔들며 고함을 질렀다.

그의 눈에 두 줄기 눈물이 흘러내리고 있었다.

"오랜만이다."

"정말 오랜만이다."

하정현과 하정탁도 달려들며 유한성을 얼싸안았다.

그들의 눈에도 감회의 눈물이 흘러내렸다.

"으흐흐흑!"

임소령도 유한성의 팔을 잡고 흐느꼈다.

"모처럼 편하게 잠든 수린이 깨겠소. 밖으로 나가서 실컷 울도록 합시다."

하유걸이 임소령의 팔을 잡으며 부드러운 음성으로 말했다.

"그래요. 내가 정신이 없네요. 어서 밖으로 나가요."

임소령이 눈물을 닦으며 서둘러 세 아들에게 손짓을 했다.

"그래, 나가자. 나가서 술이라도 마시며 회포를 풀자."

하정욱이 환하게 웃으며 말했다.

"그래. 그러자. 이런 날 술이 없다면 말이 안 되지."

하정탁도 고개를 끄덕이며 유한성의 팔을 잡아끌었다.

그러나 유한성은 꿈적도 하지 않고 서 있었다.

"왜?"

하정탁이 의아한 얼굴로 유한성을 쳐다보았다.

"전 여기 있겠습니다. 술은 나중에 하지요."

유한성이 담담히 답했다.

잠시 하정현 형제들이 서로를 쳐다보다가 유한성에게로 시선을 돌렸다.

"그래! 네가 오빠들인 우리보다 몇 백 배 낫다. 우린 자주 우리 생각을 먼저 하는데 넌 항상 수린이 생각을 먼저 하는구나."

하정현이 고개를 끄덕이며 유한성의 어깨를 두드렸다.

"그렇게 해. 수린이에게는 엄마인 나보다도 네가 훨씬 더 필요한 사람이니까."

임소령이 다시 눈물을 주르르 흘리며 유한성을 쳐다보았다.

"태산같이 든든한 내 아들……."

임소령이 살포시 유한성을 안고 등을 두드린 후 선실 밖으로 나갔다.

둘만 남게 되자 유한성은 석상처럼 서서 하수린을 쳐다보았다.

잠에 빠져든 후 그녀의 오빠들과 재회의 기쁨을 나누며 제법 소란이 있었지만 하수린은 정말 깊이 잠들었는지 몸 한번 뒤척이지 않고 고른 숨을 내쉬고 있었다.

하유걸 가족들의 심정처럼 유한성 역시 현실감이 느껴지지 않았다.

오늘을 향해 너무나 멀고 힘든 길을 달려왔다.

도저히 불가능해 보이던 길이었기에 막상 도착하니 믿어지지가 않았다.

대법이 성공하고 하수린의 절맥을 치료하려면 아직 한참 더 가야 한다. 그러나 이렇게 다시 만난 것도 기적 같았다.

유한성은 그 기적을 놓치지 않으려는 듯 하수린의 잠든 얼굴에서 시선을 떼지 않았다.

문득 하수린의 얼굴에 어머니의 얼굴이 겹쳐졌다.

이제는 아련해서 제대로 떠오르지도 않는 얼굴!

그 얼굴이 하수린의 얼굴을 통해 서서히 살아나고 있었다.

'어머니……'

유한성은 속으로 어머니를 불렀다.

언제나 창백한 안색에 바람이라도 세차게 불면 날아갈 것 같았던 가녀린 몸매.

그리고 온몸으로 풍기던 서늘한 이별의 냄새.

어머니는 하수린과 너무 닮았다.

그래서 하수린의 얼굴에서 어머니의 얼굴이 겹쳐진 것이리라.

아들이 모든 것이었던 그녀!

하지만 그 아들은 너무 어려 그녀를 지켜주지 못했다.

그 피맺힌 한을 하수린을 통해 풀고자 그동안 그렇게 매진했는지도 모르겠다.

"후우—"

긴 한숨을 토한 유한성은 눈을 감고 정수리에 신경을 집중했다.

주변의 정물들이 서서히 붉은 열감으로 느껴졌다.

예전에는 눈을 감지 않아도 항상 그렇게 보였는데 시력을 되찾고 나자 눈을 감아야 그 능력이 되살아났다.

유한성은 조금 더 신경을 집중했다.

붉은 색감으로 보이던 하수린의 몸에서 하얀 구름 같은 흐름이 읽어졌다.

하수린의 몸 안을 흐르는 호흡이자 생명의 기운이었다.

하수린의 호흡을 살피던 유한성은 긴장으로 몸이 굳는 느낌이었다.

하수린의 몸속을 흐르는 기운은 너무 미약했다.

다른 사람들과 달리 수많은 격벽이 쳐져 있고, 호흡이 각각 그 격벽 안에서 흐르고 있는 것은 예전과 다를 바 없었다.

그러나 근 오 년이 지난 지금은 그 격벽들 속에서 제각각 따로 흐르던 호흡들마저 너무 미약했다. 그리고 어떤 곳은 아예 시커멓게 죽어 있었다.

이런 상태로 살아 있다는 것이 믿어지지 않는 일이었다.

유한성을 만나고자 하는 간절한 소망이 이제껏 그녀를 지탱해 준 것이다.

하지만 긴장이 풀린 지금, 어쩌면 잠에서 영원히 깨어나지 못할 것도 같았다.

다급한 마음이 된 유한성은 그녀의 단전에 손을 갖다댔다. 그리고는 자신의 내력을 아주 천천히, 그리고 최대한 가늘게 불어넣었다.

우우웅—

유한성의 장심에서 뻗어 나간 한줄기 진기가 하수린의 몸으로 흘러들자 하수린의 몸이 순간적으로 흔들렸다.

격벽에 막힌 채 거의 정지해 있던 호흡들이 조금 빠르게 움직이기 시작했다. 동시에 그녀의 혈색이 조금 돌아오는 듯 보였다.

그러나 그것도 잠시,

"콜록!"

하수린이 기침을 토했다. 그리고는 가쁜 숨을 몰아쉬었다.

너무나 허약해진 그녀의 몸은 유한성이 최대한 가늘고 느리게 흘려보내는 진기마저도 감당하지 못했다.

"콜록! 콜록!"

하수린의 기침이 격렬해졌다.

그럼에도 불구하고 그녀는 잠에서 깨지 않았다.

유한성은 그녀의 단전에서 손을 떼고 급히 타혈술을 펼쳤다.

타다닥! 탁탁!

유한성의 손가락이 그녀의 혈 곳곳을 빠르게 두드려 나가자 격렬했던 기침이 멎고 숨이 조금 편안해졌다.

한참 더 타혈술을 펼치자 그녀는 편안한 얼굴로 잠에 빠져들었다.

긴 한숨을 내쉰 유한성은 이마에 흐른 땀을 닦았다.

지금 하수린의 몸은 백약이 무효한 중환자 같은 상태였다. 그런 상태에서는 약은 오히려 독에 가까웠다.

유한성이 최대한 가늘고 느리게 흘린 진기마저도 그녀에게는 치명적인 독이 될 수 있었다.

'서둘러야겠다.'

하수린의 얼굴에 솟은 땀을 닦아준 유한성은 급히 밖으로 나갔다.

친구
第六十五章

유한성이 탄 화물선이 정박해 있는 곳에서 천호연이 머무르고 있는 허창의 진성무관까지는 마차로 열흘이 걸리는 거리였다.

지금 하수린의 몸 상태로 그곳까지 마차로 달려가는 것은 무리였다.

만약 그렇게 했다가는 바람 앞의 촛불 같은 그녀의 생명이 꺼져 버릴지도 몰랐다.

유화걸 가족과 의논 끝에 유한성은 개방의 전서구로 진성무관에 있는 천호연에게 급보를 보내 그가 이리로 오도록 하자는 의견을 제시했다.

가장 현실적인 제안이었고 선택의 여지가 없는 제안이기
도 했다.

"그럼 대법은 어디서 한단 말이냐?"

하수린의 큰오빠 하정현이 걱정스런 음성으로 물었다.

천호연이 오랫동안 진성무관에 머물렀으니 그곳에서 대법
의 모든 준비를 해놓았을 것인데 이곳으로 달려와 시행한다
면 아무래도 시행착오가 있을 수도 있었다.

그리고 현재는 마땅한 장소도 마련하지 못했다.

지금 있는 곳은 화물선의 선실이고 내일이면 화물선은 예
정된 물길을 따라 떠나야 한다. 오늘 머물러 준 것만으로도
큰 폐를 끼친 것이다.

"장소는 우리 상단 지부로 하면 어떻겠소?"

대화를 듣고 있던 채호영이 나섰다.

여유로운 그의 표정에도 어느새 긴장감이 물들어 있었다.

자세히는 모르겠지만 유한성과 하유걸 가족들이 하는 대
화에서 하수린의 상태가 위독하다는 것을 느낀 것이다.

"지부는 어디 있소?"

유한성이 물었다.

"오성상단 낙양지부는 이곳에서 하루 거리에 있습니다. 다
행히 허창으로 가는 방향에 있으니 아주 천천히 움직여 그곳
으로 간다고 해도 이틀이나 사흘 만에 갈 수 있습니다. 기다
리는 의원님을 그곳으로 오게 해서 치료를 하면 되지 않겠습

니까?"

채호영이 신중한 표정으로 유한성과 하유걸을 쳐다보았다.

하유걸 부부는 채호영에게 너무 많은 폐를 끼치는 것 같아 선뜻 대답을 하지 못했다.

"그렇게 해주면 정말 고맙겠소."

하유걸 대신 유한성이 나서서 포권을 지었다.

이미 몇 번이나 신세를 진 채호영이었지만 염치를 차리기 힘들 정도로 상황이 긴박했다.

"하지만……."

"사람부터 살려야지요. 다른 것은 그 이후에 생각합시다."

채호영이 단호하게 말한 후 동생 채영영을 불렀다.

유한성 일행이 있는 선실로 들어온 채영영은 궁금증을 이기지 못하는 눈으로 유한성과 하유걸 가족들을 쳐다보았다.

지금까지 무슨 영문인지 짐작이 가지 않았다.

극강한 무공을 지닌 유한성과 그가 구한 사람들, 그리고 유한성을 따라온 몇 명의 청년!

모두 범상한 사람들 같지는 않았지만 대체 누군지 짐작도 가지 않았다.

그것이 너무 궁금해 당장에라도 오라버니 채호영을 끌어내 물어보고 싶었지만 긴장된 실내의 분위기가 그것을 억눌렀다.

"난 내일 배에서 내려 낙양지부로 가겠다. 그러니 이번 화물 운송은 이제부터 네가 맡아라."

"오라버니! 그게 무슨……?"

채영영이 깜짝 놀라며 목소리를 높였다.

이곳에서 하루 지체한 것도 보통일이 아니었다.

본가에 연락을 띄워 대책을 마련해야 했고, 화주들에게 기한을 지키지 못한 데 따른 변상도 해야 했다.

그것만으로도 머리가 터질 지경인데 아예 일을 팽개치고 배를 내리겠다는 말이다.

"그렇게 해라. 이건 소단주로서의 명령이다."

채영영이 폭발하듯 쏘아붙이려는 찰나, 채호영이 무거운 음성으로 말했다.

"오, 오라버니……."

채영영은 두 눈을 동그랗게 뜨며 채호영을 쳐다보았다.

생전 처음 보는 오라버니의 엄한 눈빛!

흡사 아버지를 보는 것 같았다.

아니, 어쩌면 아버지보다 더 무서운 것 같았다.

오라버니에게 저런 구석이 있었던가?

채영영은 머릿속이 온통 헝클어지는 기분이었다.

"뒷일은 내가 책임질 테니 그렇게 해라. 이젠 너도 그 정도는 충분히 수행할 수 있을 것이다."

채호영이 다시 한 번 무겁게 말한 후 유한성을 쳐다보았다.

"오늘은 어차피 늦었으니 여기서 보내고 내일 아침 출발하

도록 합시다. 마차를 구해 놓을 테니 오늘 밤은 아무 걱정 말
고 푹 쉬십시오.”

채호영이 고개를 숙인 후 등을 돌렸다.

유연하면서도 때때로 칼로 자르듯이 단호하게 행동하는
그의 존재가 한없이 믿음직스럽게 느껴졌다.

“몇 살이라고 했소?”

문을 열고 나가려는 채호영을 향해 유한성이 불쑥 질문을
던졌다.

“내 나이 말이오?”

고개를 돌린 채호영이 의아한 표정과 함께 되물었다.

유한성은 고개만 끄덕였다.

“아직 해가 바뀌지 않았으니 열아홉이오. 그런데 그건
왜……?”

“잘됐군.”

유한성이 짤막하게 대꾸했다.

“대체 무슨 소리요?”

채호영이 눈 사이를 좁히며 유한성을 쳐다보았다.

대뜸 나이를 물은 후 잘 됐다니?

절대로 허튼소리를 할 인간이 아니기에 더 혼란스러웠다.

“앞으로도 많은 부탁을 더 해야 할 것 같은데……. 서로 말
을 편하게 하면 안 되겠소?”

유한성이 깊은 눈으로 채호영을 응시했다.

채호영 역시 그윽한 시선으로 유한성을 응시했다.

잠시 후 그의 얼굴에 환한 미소가 번져 나갔다.

"나보다 한참 늙어 보였는데 동갑이었나? 그래! 앞으로 자주 부딪쳐야 할 것 같으니 그렇게 하지. 편히 쉬게."

채호영이 여전한 미소와 함께 고개를 끄덕였다.

"자네도……."

유한성도 묵묵히 고개를 끄덕였다.

＊　　　＊　　　＊

어둠이 짙어지자 강변에는 정적이 내려앉았다.

이따금씩 뱃전에 부딪치는 잔물결 소리와 강바람에 스친 갈대들의 속삭임 소리만이 그 정적을 일깨웠다.

어수선하던 화물선도 이젠 평정을 되찾고 내일의 항해를 위해 휴식을 취할 준비를 하고 있었다.

선실을 밝히던 등불들도 하나씩 꺼지자 어둠이 더욱 짙어졌다.

그러나 몇 곳의 선실은 여전히 환하게 등불을 켠 채 분주히 움직이고 있었다.

그중 제일 넓은 한 선실에는 여러 명의 청년이 술병을 가운데에 놓고 둘러앉아 있었다.

그곳에는 허창에서부터 유한성을 따라온 정호회 타격대

청년들과 이 배의 주인이라 할 수 있는 채호영 남매, 생사혈검 오필만, 그리고 하수린의 막내 오빠인 하정욱이었다.

"정말 집념 덩어리 인간이군."

생사혈검 오필만이 고개를 절레절레 흔들며 중얼거렸다.

다른 사람들도 같은 심정인지 멍하니 입을 벌린 채 하정욱에게 시선을 집중했다.

채영영처럼 유한성과 하유걸 가족들의 관계에 대해 궁금증을 이기지 못한 그들은 하정욱을 자신들의 선실로 초대하여 술잔을 권하며 유한성에 대한 애기를 부탁한 것이다.

처음에는 조금 꺼리던 하정욱도 그들이 유한성과 각별한 사이라는 것을 안 후, 특히 유병학은 가족이라는 것을 안 후, 술 몇 잔을 연거푸 마시더니 처음 만났을 때부터 헤어지던 순간까지의 기막힌 사연들을 세세하게 설명했다.

한 시진 가까이 걸린 긴 사연이었다.

쉽게 믿어지지 않는 기막힌 사연에 모든 사람은 숨소리마저 죽이며 하정욱의 애기를 들었다.

하수린과 한 약속을 지키기 위해 불철주야 매진하며 오늘까지 달려온 유한성.

지금은 천년거암같이 느껴지는 철혈의 사나이가 되었지만 그 약속을 했던 때는 겨우 열네 살의 소년이었다.

그 어린 소년이 어떻게 그렇게 할 수 있었는지 도저히 납득이 가지 않았다.

모두 가슴이 먹먹한 심정으로 하정욱만 쳐다보았다.

"처음 만났을 때는 시력까지 잃었다면서요?"

채호영이 되새김질을 하듯이 물었다.

"우리 집에 왔을 때는 분명히 시력을 잃은 상태였소. 그것
도 날 때부터가 아니라 병든 어머니를 위해 약초를 캐다가 절
벽에서 사고를 당해 잃었다고 했지요. 내가 그런 상황이라면
미쳐 버릴 것 같았을 텐데 녀석은 오히려 그것을 장점으로 만
들며 한 걸음씩 앞으로 나아갔지요. 후후후!"

하정욱은 그때 누구보다 가까이서 지켜보았지만 여전히
믿어지지 않는다는 표정으로 술을 벌컥 들이켰다.

"그럼 그때 동창의 습격을 받은 후 따라간 고수가 누군지
는 모르겠소?"

유병학도 술을 벌컥 들이켜며 물었다.

"사촌 형이라고 하지 않았습니까?"

하정욱이 유병학을 보며 되물었다.

"물어도 말을 안 해주니……."

유병학이 입맛을 다시며 대꾸했다.

"녀석이 대답을 안 한다면 그만한 사연이 있을 것이고, 그
렇다면 칼을 목에 대고 물어도 마찬가지일 겁니다. 나 역시
마찬가지로 모르고……."

하정욱이 다시 미소를 지었다.

"그렇군요."

유병학이 아쉬운 표정으로 고개를 끄덕였다.

다른 사람들도 그것이 제일 궁금했기에 입맛만 다셨다.

생사혈검 오필만만이 깊게 가라앉은 눈빛으로 생각에 잠겼다.

'청해마검!'

오필만은 속으로 중얼거렸다.

동창의 당두 양명호를 벨 때 유한성의 검에서 뻗어 나온 검기는 분명 청해마검의 절기인 마라검기였다.

제법 먼 거리였고 너무 짧은 순간에 터져 나온 것이었기에 착각인 듯했지만 수많은 고수와 실전을 벌이며 살아온 그의 눈썰미는 그것을 놓치지 않았다.

'살아 있었단 말인가?'

깊은 눈빛을 한 오필만은 마음이 조금 가벼워졌다.

자신이 약해서 패한 것이 아니라 유한성이 너무 강해서 패한 것이다.

절정을 한참 뛰어넘은 청해마검이라면 아무리 실전검의 명수인 자신이라고 해도 비교가 되지 않는다.

그리고 그의 진전을 고스란히 이어받은 제자라면 마찬가지일 것이다.

그런 인간과 상대했으니 살아 있는 것도 운이 좋았다고 볼 수 있었다.

그런 지독한 검초를 제대로 펼친다면 살려주고 싶어도 불가능할 경우가 많았다.

"초상승검법이라……."

오필만은 자신도 모르게 중얼거렸다.

"오 대협께서는 무언가 알고 있는 것 같소만?"

채호영이 놓치지 않고 질문을 던졌다.

오필만이 속으로 움찔했지만 시치미를 떼고 입을 열었다.

"말 그대로 초상승검법이란 것은 짐작이 가능하다네."

"수많은 고수를 꺾은 실전검의 명수라더니……?"

유병학이 뚱하니 오필만을 쳐다보았다.

무언가 알고 있는 것 같은데 말을 안 해주는 것이 불만스러웠다.

"사촌 형도 모르는 것을 내가 어떻게 안단 말인가?"

오필만이 되받아쳤다.

"쩝!"

유병학이 입맛을 다셨다.

"그렇다면 열네 살 때 사부님을 따라가서 무공을 익혔다는 말인데……. 지금 열아홉이면 겨우 오 년 남짓밖에 안 걸렸다는 말이잖아요. 그 짧은 시간에 어떻게 그런 고수가 되었는지 이해가 안 돼요."

이번에는 송자영이 반짝거리는 눈으로 물었다.

그녀의 생각대로 그건 절대로 불가능한 얘기였다.

그녀는 다섯 살 때부터 지금까지 죽도록 수련을 했지만 이 정도였다.

"나도 그게 이해가 가지 않아 물어본 적이 있었소. 그랬더니 하루에도 몇 번씩 한계를 뛰어넘었다고 하더군요. 난 무공을 익히기 시작한 지 이십 년 동안 한 번도 그런 적이 없는데 말이오. 후후!"

유병학의 말에 아무도 토를 달지 못했다.

"이곳에서 그 친구를 처음부터 끝까지 제대로 아는 사람은 아무도 없는 것 같군요. 하지만 서로 아는 것을 모으다 보니 대략적이나마 한 장의 그림이 그려지는 것 같소."

채호영이 깊이 가라앉은 눈으로 말을 이었다.

"어쨌든 말씀 감사합니다. 대체 어떤 인간인지 너무 궁금했는데 형님의 말씀을 들으니 이젠 조금 궁금증이 풀린 것 같습니다."

채호영이 하정욱을 향해 고개를 숙였다.

"형님?"

하정욱이 채호영을 향해 눈 사이를 좁혔다.

"그 친구하고는 이제 편하게 말을 하는 사이가 되었지요. 그러니 그 친구의 형님은 제게도 형님입니다. 물론 병학 형님도 마찬가지지요."

채호영은 특유의 친화력으로 두 사람과의 거리를 단박에 좁혔다.

"그런가? 쉽게 그럴 녀석이 아닌데……. 자네가 마음에 들었나 보군. 그렇다면 나도 편하게 대하지."

유병학이 고개를 끄덕였다.

"정욱 형님도 그렇게 하십시오. 그리고 지내시는 동안 아무런 부담 가지지 말고 내 집처럼 지내십시오."

채호영이 하정욱을 향해서도 당부를 했다.

"그렇게… 하겠네."

하정욱도 편안한 미소를 지으며 고개를 끄덕였다.

상선으로 옮겨 타자마자 쓰러져 잠이 든 하수린은 새벽녘에 깨어났다. 오랜만에 숙면을 취한 그녀의 얼굴에는 조금이나마 핏기가 돌아왔다.

정신을 차렸지만 한참 동안 그녀는 현실을 받아들이지 못하는 눈빛으로 사방을 두리번거렸다.

오 년 동안 하루같이 이날만을 기다렸지만 막상 닥치니 현실 같지가 않았다.

"꿈을 꾸는 건 아니지?"

불안한 표정을 한 하수린이 침상으로 다가온 유한성을 향해 말했다.

유한성은 묵묵히 고개를 끄덕였다.

간단한 고갯짓이 백 마디 대답보다 더 믿음직스러웠다.

"휴우―"

하수린이 긴 한숨을 내쉬었다.

“좀 앉혀줘.”

하수린이 팔을 뻗었다.

기력이 바닥난 그녀는 혼자서 일어나 앉는 것도 힘들었다.

유한성은 조심스럽게 그녀를 일으켜 선실 벽에 기대어 앉혔다.

“다른 사람들은?”

하수린이 다시 주변을 두리번거리며 물었다.

그녀의 표정이 긴장으로 물들기 시작했다.

그동안 이런 꿈은 수없이 꾸었다.

그럴 때마다 이번에는 꿈이 아니라고 다짐했지만 깨어보면 꿈이었다.

“쉬고 계실 거야.”

유한성이 담담하게 답했다.

꿈속에서와 달리 너무도 또렷한 목소리였다.

꿈속에서 들리는 목소리는 지금처럼 선명하지 않았다. 그냥 내용만 머릿속에 남아 있을 뿐이었다.

“넌 안 쉬어?”

하수린이 물었다.

무슨 말이든 자꾸 시켜야 현실이 믿어질 것 같았다.

“괜찮아.”

유한성이 짤막하게 답했다.

“그래. 이젠 고수니까 하루 정도 못 자는 것은 아무것도 아니겠지.”

하수린이 환하게 웃었다.

“어떻게 지냈어? 한씨 할아버지는? 그리고 천 의원님은? 또 같이 온 사람들은 누구야?”

대화가 끊어지면 꿈에서 깨어나기라도 할 듯 하수린이 폭포수처럼 질문을 던졌다.

유한성이 보일 듯 말 듯 미소를 지었다.

“잘 지냈어. 사부님 등살에… 아니, 내 등살에 사부님께서 그동안 고생을 많이 하셨지. 이젠 편하게 휴식을 취하고 계실 거야.”

유한성이 두 가지 질문에 대해 동시에 답했다.

“후후! 짐작이 가고도 남아.”

하수린이 다시 미소를 지었다.

유한성 같은 제자라면 그 어떤 사부라도 고생을 할 것 같다는 생각이 들었다.

한번 뜻을 세우면 절대로 꺾지 않는 그 성격이 사부님 앞이라고 해도 다르지 않았을 것이다.

다른 제자들 같으면 가르치는 수련을 따라하지 못해 속을 태울 것이지만 유한성이라면 천 길 낭떠러지 같은 위험 속이라도 눈 하나 깜박이지 않고 뛰어들어 한시도 안심을 못하고 노심초사했을 것이다.

“천 의원님은 잘 계셔. 전갈을 보냈으니 열흘쯤 뒤엔 이리로 오실 거야.”

“너무 보고 싶어.”

하수린이 아련한 표정을 지었다.

“그리고… 내 성이 바뀌었어. 이 가에서 유 가로…….”

유한성은 하수린의 네 번째 질문에 대한 답을 했다.

“그게… 무슨 소리야?”

하수린이 눈을 크게 떴다.

“가문이 생겼어. 어머니께서 물려주신 유품을 확인하러 갔는데 그곳이 내 가문이었어. 같이 온 사람들은 가문과 관련된 사람들이야.”

유한성이 담담히 답했다.

하수린의 표정이 여러 번 바뀌었다.

어머니가 돌아가신 후 사고무친의 고아로 생각했던 유한성에게 가문이 있었다니?

그건 천만 뜻밖이었다.

또한 너무도 기쁜 일이기도 했다.

“너무 외롭겠다고 생각했는데… 정말 잘됐다.”

하수린의 눈에서 눈물이 주르르 흘렀다.

“좋은 곳이지? 좋은 사람들이지?”

하수린이 얼른 눈물을 닦고 물었다.

유한성은 묵묵히 고개만 끄덕였다.

“정말 잘됐다.”

하수린이 거듭 말하며 활짝 웃었다.

선실 벽의 창문으로 스며든 달빛이 하수린의 얼굴에 부딪쳐 흘러내렸다.

유한성은 조용히 그녀를 쳐다보다가 입을 열었다.

"천 의원께서 도착하면 바로 대법을 시행할 거야."

"대법?"

환하게 빛나던 하수린의 얼굴에 긴장감이 번져 나갔다.

대법이란 것은 생명을 담보로 한 일생일대의 큰 치료술이라고 들었다.

한 사람의 운명을 깡그리 바꾸고 완전히 새 생명으로 탄생시키는 의술이라고도 들었다.

말은 들어보았지만 그게 어떤 것인지 짐작도 가지 않았다.

"천 의원께서 자신있다고 하셨으니 틀림없이 성공할 거야."

유한성이 하수린을 안심시켰다.

"믿어."

하수린이 고개를 끄덕였다.

"그럼 됐어. 믿음이 가장 큰 약이지."

유한성이 보일 듯 말 듯 미소를 지었다.

"네가 성공할 거라면 그렇게 될 거야. 넌 꼭 약속을 지키는 사람이잖아."

하수린이 모든 긴장을 떨쳐 버린 채 활짝 웃었다.

준비

第六十六章

“이제 내 할 일은 다했으니 떠나겠네.”

다음 날 아침 마차를 타기 위해 오성상단의 화물선에서 내렸을 때 생사혈검 오필만이 말했다.

실전검의 명수인 그는 동창과의 혈투에서 추곡선의 지형지물을 이용하며 큰 역할을 했다. 만약 그가 없었다면 허창에서부터 따라온 정호회 타격대 청년들은 죽거나 크게 다쳤을 것이다.

“수고하셨습니다. 큰 도움이 되었습니다.”

유한성은 포권을 쥐며 정중하게 고개를 숙였다.

“빚을 갚았을 뿐이네.”

오필만이 고개를 끄덕였다.

"대협 덕분에 저희 목이 붙어 있습니다. 정말 감사해요."

송자영과 성권일 등도 진심 어린 표정과 함께 오필만에게 포권을 쥐었다.

정호회 타격대에 지원한 젊은이 중에서는 제일 낫다고 자부하고 있었지만 동창의 창위들과 생사지투를 벌이는 자리에서는 그리 큰 도움이 되지 못했다.

그들이 연무장에서 익힌 무공은 한자락 춤사위에 불과했다.

그 춤사위마저 목이 달아나고 피분수가 터져 오르는 혈전에서는 새파랗게 얼어붙은 채 제대로 펼쳐지지도 않았다.

나중에는 오히려 방해만 되는 찰나, 오필만이 모두 한쪽으로 몰아넣고 추곡가마니들로 덮어 겨우 목숨을 구했다.

"좋은 경험을 했으니 이젠 훨씬 더 강해질 것이네."

오필만이 정호회 타격대 청년들에게도 인사를 한 후 한줄기 바람처럼 표표히 사라졌다.

"세상은 넓고 고수는 많아……."

장창을 어깨에 멘 송자영이 혼잣소리처럼 중얼거렸다.

정호회 타격대 청년 중에서는 그나마 그녀가 제 구실을 했었다.

"이젠 마차에 오르시지요."

밤새 어디서 구했는지 세 대의 마차를 준비한 채호영이 정중하게 말했다.

네 필의 말이 끄는 고급 마차들이었다.

정상적인 나루터도 아닌, 인가도 보이지 않는 강변에 정박했음에도 불구하고 하룻밤 사이에 저런 마차를 구해온 채호영의 수완은 절정고수 수준이었다.

제일 앞 마차는 오성상단의 가내 호위무사 중 채호영이 고른 사람들 다섯이 올랐다. 그리고 제일 뒤쪽은 정호회 타격대 청년들이 모두 올랐다.

사진용 남매와 유한성은 화유걸 가족과 함께 두 번째 마차에 올랐다.

그렇게 되자 앞뒤 마차가 자연스럽게 화유걸 가족들을 호위하는 배치가 되었다.

그것 역시 혹시 모를 사태에 대비한 채호영의 세세한 배려였다.

휘익!

쟁자수 역을 맡은 호위무사 하나가 조심스럽게 고삐를 흔들자 마차가 천천히 움직이기 시작했다.

채호영으로부터 미리 언질을 받은 그는 마차를 소달구지보다 더 느리게 몰았다. 그렇게 해서 중환자나 마찬가지인 하수린을 최대한 편하게 해주고자 함이었다.

＊　　＊　　＊

오성상단 낙양지부는 화물선이 정박한 곳에서 말을 달려 하루면 도착할 수 있는 곳이지만 최대한 천천히 마차를 몰고, 또 충분한 휴식을 취하며 이동했기에 사흘 만에 도착했다.

지부라고 했지만 웬만한 장원을 방불케 하는 곳이었다.

그것으로 보아 오성상단이 얼마나 큰 규모인지 짐작이 갔다.

소단주 채호영의 갑작스런 방문에 오성상단 지부는 벌집을 쑤신 듯 북적거렸다.

아직은 소단주지만 언젠가 가주가 되고 상단주가 될 사람이었다.

그런 사람이니 현 상단주와 동격으로 대접을 해야 하는 것이다.

"연락은 받았지만 대체 이게 무슨 일인지……?"

지부장 구혁문(具赫文)은 우려와 반가움이 반반씩인 표정으로 채호영을 맞았다.

상선 한 척을 이끌고 갔던 사람이 갑자기 배를 내려 이곳으로 온다는 말을 들었을 때는 수적을 만나 배를 빼앗겼거나 상선이 암초에 부딪쳐 침몰되지 않았나 싶어 가슴이 철렁할 정도로 놀랐다.

다행히 그런 것은 아니고 지극히 개인적인 용무라는 말을 듣고 놀란 가슴을 쓸었지만 사적인 용무 때문에 하루를 늦추며 하선을 했다는 사건 또한 만만치 않았다.

"자세한 설명은 나중에 드리겠소. 환자가 있으니 조용하고 깨끗한 방을 내어주시오."

채호영이 조금 서두르며 말하자 구혁문이 아랫사람들과 함께 즉시 별채로 안내했다.

별채는 그리 크지 않았지만 통째로 비워져 있어 일행들이 짐을 풀기에는 부족함이 없었다.

유한성은 조심스럽게 하수린을 부축하며 별채에 준비된 방 침상에 눕혔다.

이제 하수린은 혼자서는 걸음도 제대로 옮길 수 없는 상태였다.

"더 필요한 것은 없나? 언제든 말만 하게. 최대한 빨리 준비할 테니."

채호영은 방안을 둘러보며 말했다.

하수린의 방에는 고풍스런 멋이 은은하게 풍기는 가구들과 함께 빼어난 자태의 분재들과 수석들이 잘 배치되어 있어 절로 마음을 편하게 해주었다.

아마도 중환자인 하수린을 위해 특별힌 신경을 쓴 것 같았다.

"자설연 뿌리를 좀 구해주겠나?"

유한성은 하수린에게 꼭 필요한 약재를 말했다.

"자설연? 그건 독초에 가까운데……."

오지랖 넓은 채호영은 약초에 관해서도 모르는 게 없는 것 같았다.

"독이 약이 될 때도 있지."

"하긴, 약이 곧 독이 되기도 하고……. 당장 구해오지."

채호영은 자신만만하게 답했다.

"그리고 내 사제들도 좀 불러주게."

유한성은 다른 부탁도 했다.

"자네 사제들이라면 사진용 공자 남매 말인가?"

"그래."

"알겠네."

채호영은 고개를 끄덕이고는 하수린에게로 시선을 돌렸다.

"그럼 내 집처럼 생각하고 푹 쉬도록 하십시오, 하 소저."

"정말 고마워요."

침상에 앉은 하수린이 정중히 고개를 숙였다.

"그렇게 인사를 차리면 내 집처럼 지내는 것이 아니지요. 저 친구처럼 그냥 고개만 끄덕거리면 됩니다. 그게 더 믿음이 가지요."

채호영은 빙긋 미소를 지으며 밖으로 나갔다.

"좋은 사람 같아. 네 성격상 장점도 잘 파악하고……."

하수린이 채호영이 나간 문 쪽을 바라보며 말했다.

"내 성격상 장점?"

유한성이 하수린을 쳐다보았다.

"말을 앞세우지 않고 행동으로 말을 대신하는 성격이지. 저 사람도 그 점을 마음에 들어하는 것 같아."

하수린이 웃으며 답했다.

"날 만난 지 얼마 되지도 않았는데?"

유한성도 채호영이 나간 방문 쪽을 바라보며 대꾸했다.

"상인들은 단번에 사람을 파악하는 재주가 있다고 했어. 저 사람은 특히 더 비상한 것 같고."

"능구렁이 기질이 있다는 것은 인정해. 처음부터 그렇게 만났지."

유한성은 채호영과 첫 만남의 기억을 떠올리며 희미하게 웃었다.

막무가내로 다가와서는 술 한잔하자고 달라붙더니 개방도에게 연락하는 곳까지 따라와 말을 빌려주었다.

그 말은 큰 도움이 되었다.

그 후 시간이 없어 말을 돌려주지도 못하고 있었는데 양명호가 탄 쾌선의 도주로를 막으며 다시 만났다.

만약 그가 쾌선을 막지 않았다면 한두 명 정도는 놓쳤을지도 몰랐다.

그 후로도 지금까지 계속 신세를 지고 있다.

만약 그의 전폭적이고도 세심한 배려가 없었다면 지금 어느 주루나 객점에서 큰 불편을 겪고 있을 것이다.

'빚이 계속 늘어나는군.'

유한성은 속으로 중얼거렸다.

"사형!"

발소리와 함께 사진용의 목소리가 들렸다.

"들어와."

사진용과 사진혜가 같이 들어왔다.

"오늘은 더 예뻐졌네요, 언니!"

사진혜는 반짝이는 눈으로 하수린을 쳐다보았다.

마차를 타고 이곳으로 오는 사흘 동안 안면을 튼 그녀는 하수린을 금방 언니라 부르며 친해졌다.

너무나 연약해 보이는 하수린에게 사진혜는 질투 대신 연민을 먼저 느낀 모양이었다.

"무슨 일입니까, 사형?"

사진용이 약간 긴장된 표정으로 물었다.

불면 날아갈 듯한 하수린이 또 뭔가 잘못되지 않았나 걱정된 것이다.

"이곳에서 당분간 머무를 예정인데 그간 몇 가지 조사를 좀 해줘야겠다."

"조사?"

사진혜도 눈을 동그랗게 떴다.

유한성은 두 사람과 머리를 맞대고 조사할 내용을 잠시 설명했다.

"빠르면 반나절, 쉬엄쉬엄 해도 하루만 하면 끝나겠군요."

사진용이 고개를 끄덕이며 답했다.

"여기선 만사 제쳐 놓고 좀 쉬려고 했더니 당장 바쁘게 생겼네. 어쨌든 오라버니다워요."

사진혜가 한숨을 폭 내쉬며 말했다.

"그럼 나가보겠습니다. 편히 쉬십시오, 하 소저."

사진용이 하수린을 향해 인사를 했다.

"잘 쉬어요, 언니."

"두 사람도 너무 무리하지 말고 쉬엄쉬엄하세요."

하수린이 마주 인사를 했다.

"채 공자가 파악하고 있는 네 성격상의 가장 강한 특징이 뭔 줄 알아?"

두 사람의 발소리가 멀어진 후 하수린이 담담한 표정으로 물었다.

"……?"

"빚을 지면 절대로 잊지 않는다는 것! 채 공자는 아마도 그걸 가장 먼저 파악했을 거야."

하수린이 맑게 웃으며 유한성을 쳐다보았다.

*　　*　　*

오는 데 열흘 정도 걸릴 것이라 예상했던 천호연은 이틀을 더 단축하여 오성상단 지부에 도착했다.

그는 유병인이 이끄는 정호회 타격대 청년 열 명의 호의를 받으며 아침 일찍 도착했다.

밤에도 쉬지 않고 마차를 몰고 달려왔는지 얼굴은 초췌해져 있었지만 하유걸 가족을 만난다는 생각에 눈빛은 이글거리듯 빛났다.

대문을 들어서는 천호연을 향해 하유걸이 바람처럼 달려갔다.

"형님!"

"이 사람, 유걸!"

하유걸과 천호연은 죽었던 사람을 다시 만난 듯 서로를 얼싸안고 굵은 눈물을 흘렸다.

"그동안 얼마나 고생이 많았나, 이 사람아!"

천호연은 망연한 눈으로 하유걸을 쳐다보았다.

"고생이야 한성이가 다 했지요. 그에 비하면 난 아무것도 아니었지요."

하유걸이 뒤쪽에 서 있는 유한성을 쳐다보며 말했다.

"그야 그렇지. 그 아이에 비하면 우리가 한 고생은 고생이라 할 수도 없지."

하유걸도 알지 못하는 유한성의 비밀까지 세세히 알고 있는 천호연은 고개를 끄덕거렸다.

"그래, 수린이는 어디 있나?"

천호연은 무엇보다 그것이 궁금한지 하수린을 찾았다.

"별채에 있습니다. 오신다는 말은 들었지만 기운이 없어 마중은 못 나왔습니다."

유한성이 대신 답했다.

"어서 가보세."

천호연이 긴장한 표정과 함께 서둘렀다.

"아주버님!"

천호연을 본 임소령도 하유걸과 마찬가지로 닭똥 같은 눈물을 흘렸다.

"그간 고생 많으셨습니다, 계수씨. 하지만 이젠 아무 걱정 마십시오. 이렇게 무사히 만난 이상 모든 것이 잘 될 것입니다."

천호연은 임소령을 안심시킨 후 하수린에게 고개를 돌렸다.

"백부님……."

침상에 앉은 채 일어서지도 못한 하수린은 우는 눈으로 인사를 대신했다.

"수린아, 이 녀석아!"

장작개비같이 마른 하수린을 보며 천호연은 잠시 동안 말을 잇지 못했다.

"너무 반가운데 일어서서 인사도 못 드려 죄송해요, 백부님."

하수린이 흐릿하게 웃으며 천호연에게 어릴 때처럼 두 팔을 뻗었다.

"아이구, 이 녀석아!"

천호연은 하수린을 안고 다시 눈물을 흘렸다.

뒤에서 지켜보던 임소령도 오열을 토했다.

"살아 있으니 이젠 되었다. 살아서 이렇게 모두 다시 만났으니 이보다 더한 기쁨이 어디 있겠느냐."

천호연이 방 안에 선 사람들을 둘러보며 말했다.

"그래요. 이젠 아무 걱정 없어요. 한성이도 왔고 아주버님도 왔으니 이젠 되었어요."

임소령이 여전히 눈물을 주체하지 못하며 고개를 끄덕거렸다.

"대법은 언제 시작할 수 있습니까?"

유일하게 담담한 모습으로 모두를 지켜보고 있던 유한성이 천호연에게 물었다.

"허허, 이 사람! 아무리 급해도 숨은 좀 돌리고 시작하세나."

천호연이 너털웃음을 터뜨렸다.

"오늘 저녁부터 약을 처방하고 침을 놓아 몸이 대법을 받아들일 준비를 해야 하네. 그렇게 한 달은 지나야 가능하다네. 그동안 자네도 내가 이르는 대로 대법에 임할 준비를 하게."

천호연이 미소와 함께 말했다.

"알겠습니다. 그럼, 말씀 나누십시오."

유한성은 고개를 숙인 후 밖으로 나갔다.

"한성이도 수린이와 함께 대법을 시행한단 말인가요?"

유한성이 나간 후 임소령이 놀란 눈으로 천호연을 쳐다보았다.

하유걸도 그건 뜻밖인지 눈을 크게 떴다.

"그렇지. 자네들은 아직 아무것도 모르지? 허허허!"

천호연이 두 사람을 쳐다보며 크게 웃었다.

그간 가슴에 묻어둔 사연들을 이젠 모두 밝힐 수 있게 되어 후련한 표정이 역력했다.

"우선은 차라도 한 잔 주게. 예전엔 안 그랬는데 요즘 세상 인심은 너무 야박해. 근 열흘 가까이 달려온 사람에게 앉으라는 소리도 안 하는군."

그동안 노심초사했던 모든 일이 해결된 천호연이 너스레를 떨었다.

"내 정신 좀 봐! 어서, 어서 차를 내어오너라."

임소령이 정신을 차리고 하정탁에게 고함을 질렀다.

하정탁이 불에 데인 듯 밖으로 달려나가 차를 들고 들어왔다.

"허허허! 이제야 산동제일의 대접을 좀 받는 것 같군."

차를 한 잔 단숨에 비운 천호연이 천천히 입을 열었다.

"한성이가 왜 그렇게 필사적으로 무공에 매달렸는지 아는
가? 그건 수린이에게 한 번 더 살려주겠다는 약속을 지키기
위해서였지."

"그게… 무슨 말씀이십니까, 형님?"

하유걸이 어안이 벙벙한 표정으로 물었다.

임소령과 그의 아들 세 명도 천호연의 말을 알아듣지 못하
겠다는 표정을 하며 천호연에게 시선을 고정시켰다.

"그전에 자네 딸이 열 살도 되기 전에 자신이 얼마 못산다
는 것을 알고 있었다는 것은 아는가?"

천호연의 질문에 하유걸 부부는 아무 대답도 못하고 두 눈
만 부릅떴다.

딸 수린은 몸이 극도로 쇠약해진 얼마 전에야 자신의 상태
를 아는 것 같다는 짐작은 했다. 그래도 천형의 체질이라는
것과 스물을 넘기지 못한다는 말은 끝까지 하지 않았다.

그런데 열 살도 되기 전에 이미 그 사실을 알고 있었다니?

"자네들 가슴이 찢어질까 봐 숨기고 있었지만 수린이는 어
릴 때 벌써 자신이 천형의 체질이라는 것과 스물을 넘기지 못
한다는 것을 알고 있었다네."

"어, 어떻게 그런?"

임소령이 쓰러질 듯 휘청거렸다.

하유걸이 얼른 그녀를 부축했다.

"그러다 운명적으로 한성이를 만났지."

천호연은 유한성이 사고 후 얻은 기이한 능력 부분만 빼고 은하전장의 후원에서 처음 유한성을 만났을 때 나눈 대화부터 그가 왜 무공을 배우려고 했는지 하는 사연들을 개략적으로나마 설명했다.

"그럴 수가?"

하유걸 부부가 도저히 믿을 수 없다는 표정으로 하수린을 쳐다보았다.

"그게 정말이냐?"

하정욱도 부릅뜬 눈으로 하수린을 쳐다보았다.

유한성에게 무공의 기초를 가르쳐 준 사람은 자신이었다. 그때 유한성은 그냥 무공이 좋아서 배우고 싶다고 했다. 그런데 그런 기막힌 사연이 있었다니…….

"정말이야, 작은 오빠. 내가 한성이에게 한 번만 더 살려달라고 부탁했어. 그때는 시력도 잃은 상태였지만 어쩐지 그는 나를 살려줄 수 있을 것 같았어."

하수린이 잔잔한 미소와 함께 고개를 끄덕였다.

"나는 엄마이면서도 그런 약속은 못했는데… 으흐흐흑!"

임소령이 하유걸의 가슴으로 무너졌다.

"엄마는 한성이 같은 체질이 아니었잖아요."

하수린이 임소령을 달랬다.

"그래. 그건 운명이라고 말할 수밖에 없지. 어쨌든 녀석은 수린이의 체질을 씻어줄 기운을 단전에 가득 채운 고수가 되어 돌아왔어. 그러니 같이 대법에 임할 걸세. 혹시 내게 부족한 점이 있더라도 그 녀석은 절대 그렇지 않을 테니 아무 걱정 말게."

천호연은 하유걸 부부를 안심시키며 차 한 잔을 더 마셨다.

"태산같이 든든한 내 아들……."

임소령은 유한성이 나간 문 쪽을 바라보며 나직하게 말했다.

"오늘 저녁부터 준비를 할 테니 너는 좀 고통스럽더라도 내가 시키는 대로 한 치 어긋남 없이 이행해야 한다."

천호연은 하수린에게 엄한 목소리로 당부했다.

"그러겠어요, 백부님."

하수린이 환하게 웃었다.

투자
第六十七章

하수린을 무사히 구하고 천호연마저 탈없이 데려다준 정호회 타격대 청년들은 유병학만 남겨놓은 채 모두 허창으로로 돌아갔다.

그들은 유한성이 곧 돌아와 타격대의 대주를 맡게 될 것이라는 기대와 함께 유한성의 일에 일조를 했다는 뿌듯한 마음으로 오성상단 지부를 떠났다.

그들이 떠난 뒤 유한성과 하수린은 천호연이 이르는 대로 대법에 임할 준비를 차근차근 해 나갔다.

대법의 준비가 순조롭게 이어지던 열흘째!

이른 아침부터 오성상단 낙양지부가 발칵 뒤집혔다.

채호영의 부친이자 오성상단의 단주 채유중(蔡流重)의 등장 때문이었다.

그는 아들 채호영이 화물선을 무단 정박시켜 화물 운송에 하루 차질을 준 것도 모자라 아예 하선까지 하여 지부에 머무르고 있다는 소식을 듣고는 만사를 제쳐 놓고 이곳으로 달려온 것이다.

채유중은 다섯 명의 호위무사와 함께 동생 채유문(蔡流紋), 그리고 채유문의 아들 채호진(蔡號進)을 대동하고 왔다.

그건 여차하면 다음 단주 자리는 사촌동생 채호진에게 넘길 수도 있다는 엄중한 경고였다.

정문을 들어서면서부터 서슬 퍼런 채유중의 기세에 지부의 사람들은 모두 오금을 펴지 못하고 슬슬 기었다.

"호영이는 어디에 있는가?"

채유중이 지부장 구혁문에게 물었다.

착 가라앉은 낮은 음성이 그가 지금 얼마나 분노하고 있는지 잘 나타내 주었다.

"벼, 별채에 있습니다."

구혁문이 이마에 땀을 흘리며 답했다.

"당장 데려오게."

채유중은 짤막하게 지시한 후 안으로 들어갔다.

"어서 소단주님을 모시고 오너라!"

구혁문의 고함에 옆에 있던 사람들이 불벼락을 피하듯 별채로 달려갔다.

"또 얼마나 많은 모가지가 떨어질지 모르겠구나."

구혁문은 긴 한숨과 함께 탄식을 토했다.

이런 사고가 터진 후에는 그 여파가 적지 않았다.

물론, 잘못은 소단주 채호영이 단독으로 저질렀지만 그 옆에서 보필을 한 사람들이라고 무사할 리가 없었다.

어쩌면 그 불똥이 자신에게까지 튈 수도 있었다.

"죽기밖에 더하겠나."

구혁문은 불안한 눈으로 자신을 쳐다보는 사람들에게 중얼거린 후 채호영을 기다렸다.

잠시 후 채호영이 아랫사람들과 함께 나타났다.

"아버님께서 오셨다구요?"

채호영은 조금도 긴장하지 않고 느긋하게 물었다.

"지금 그렇게 여유부릴 때가 아닙니다, 소단주님."

구혁문은 속이 타들어가는 기분과 함께 말했다.

"뭐, 죽기밖에 더하겠습니까. 어서 들어갑시다."

채호영은 마치 구혁문의 넋두리를 듣기라도 한 듯 똑같이 말했다.

"아이고, 소단주님!"

구혁문이 죽을상을 하며 채호영을 따랐다.

"오셨습니까, 아버님!"

채호영이 채유중을 향해 인사를 올렸다.

"앉아라."

채유중은 가라앉은 목소리로 말했다.

보자마자 길길이 날뛰며 고함을 지른다든지, 재떨이를 집어던진다든지 하는 사람보다는 이렇게 조용한 사람들이 더 무섭다.

지부장 구혁문의 등줄기에 식은땀이 흘렀다.

"대체 무슨 짓을 하고 있는 것이냐?"

채유중은 얼음장처럼 차가운 눈으로 채호영을 쏘아보며 물었다.

"아버님의 가르침을 따르고 있습니다."

"뭐라?"

채유중의 얼굴에 강한 노기가 번져 나갔다.

죽을죄를 지었다고 싹싹 빌어도 성이 차지 않을 텐데 적반하장으로 채호영은 너무도 당당한 표정으로 대답하고 있었다.

옆에서 고개를 조아리고 있는 구혁문은 식은땀을 뻘뻘 흘렸다. 반면 채호영의 사촌 동생 채호진은 입가에 흐릿한 미소를 지었다.

"형님. 일단 말이라도 들어보고 화를 내든지 하십시오. 허튼짓을 할 아이가 아니지 않습니까."

채유문이 얼른 나서서 말리자 채유중이 끄응! 하고 노기를 억눌렀다.

"무슨 뜻인지 설명해 보거라."

채유문이 재차 나섰다.

"상인은 자고로 돈을 보고 투자하지 말고 사람을 보고 투자해야 한다는 것이 평소 아버님의 지론이셨지요."

채호영의 대답에 채유중은 눈 사이를 좁혔다.

"그래서? 이번 일이 화주들에게 배상해야 할 손해와 신용의 추락보다 더 큰 이익을 줄 만한 것이란 말이냐?"

"비교 자체가 불가능합니다."

채호영이 단호하게 말했다.

너무나 당당한 아들의 말에 채유중의 안색이 몇 번이나 변했다.

불같이 화를 내고 싶었지만 아들의 표정이나 눈빛이 한 치의 흔들림도 없었다. 그렇다고 그 말을 믿자니 당장 드러나 보이는 것도 없었다.

그런 것은 어디까지나 긴 안목에 관계된 것이고 먼 훗날에 드러날 일이었다.

"제 목을 걸어도 좋으니 소자를 믿어주십시오, 아버님! 이번 일은 조만간 닥쳐올 거대한 파도에 든든한 방파제가 될 것입니다."

채호영이 여전히 한 점 흔들림 없는 음성으로 말했다.

"파도?"

채유중이 눈 사이를 좁히며 채호영을 쳐다보았다.

지금 세상 곳곳에서 일고 있는 정체 모를 파도는 상계에도 은밀하게 밀어닥치고 있었다.

"설마 느끼지 못하고 계시는 것은 아니시겠지요?"

채호영이 빙긋 웃으며 말했다.

아들을 쳐다보는 채유중의 눈빛이 몇 차례 변했다.

"두고 보마!"

마침내 채유중은 노기를 완전히 거두었다.

언제나 한량처럼 건들거리기만 하던 아들의 이런 단호한 모습을 보았다는 것만으로도 마음이 누그러진 것이다.

그러나 무엇보다 믿음이 간 것은 조만간 닥쳐올 거대한 파도라는 말이었다.

오성상단 단주인 채유중 역시 그것을 감지하고 있었다.

황실에서 뻗어온 그 파도는 강호를 반 이상 잠식했다.

상계 역시 마찬가지였다.

단지 상계로 뻗어오는 파도는 검은 그림자로 변해 은밀하게 잠식해 들고 있었다. 그리고 그것은 어느 순간 순식간에 거대한 파도가 되어 본색을 드러낼 것이다.

아무것도 모를 줄 알았던 채호영은 그것을 간파하고 있었다.

그건 정말 다행이었다.

그러나 두고 보겠다는 마음까지 완전히 접은 것은 아니었다.

이번 화물수송의 차질은 생각보다 심각한 요소들이 많았다. 하루라도 도달 시기가 늦어지면 그만큼 손해를 보는 품목이 많아 분쟁이 커질 소지가 있었다.

채유중의 그런 우려는 오래 기다릴 필요도 없었다.

밖이 소란스러워지며 다급한 발소리들이 들려왔다.

* * *

적금상회(積金商會)는 낙양에 본단을 둔 신흥 상단이었다.

결성된 지는 오 년 남짓밖에 되지 않았는데 그동안 엄청난 성장을 거듭하며 최근에 이르러서는 하남에서 다섯 손가락 안에 드는 상단이 되었다.

회주는 석시양(錫始量)이었는데 그는 시류를 읽는 데는 귀신이라는 소문이 돌았다.

그런 때문인지 그는 일찌감치 흑도방파와 손을 잡고 그들의 칼을 빌려 경쟁 상대들을 협박하거나 소리없이 파묻어 오늘에 이르렀다.

석시양의 동생 석정국(錫貞局)은 다섯 명의 사내를 이끌고 오성상단 지부의 앞마당에 들어섰다.

그들이 들어서자 오성상단 지부를 지키는 무사 이십여 명도 병장기를 휴대한 채 대치했다.

"웬 소란이냐?"

단주 채유중이 호위무사들을 제치고 앞으로 나섰다.

"오호! 마침 오성상단 단주께서도 와 계셨구려."

석정국은 천만뜻밖이라는 표정과 함께 정중하게 고개를 숙였다. 그러나 그 표정은 지극히 가식적이었다. 아마도 단주가 이곳으로 왔다는 것을 알고 들이닥친 것이 분명했다.

"소생, 적금상회의 부회주직을 맡고 있는 석정국이라 하오."

오성상단 단주 채유중은 눈살을 찌푸렸다.

대체 이자가 왜 이곳에 왔는지 얼른 짐작이 가지 않았던 것이다.

"귀하가 이곳에 어쩐 일이시오?"

채유중이 딱딱한 음성으로 물었다.

"장사꾼이야 당연히 장사 때문이지 무엇 때문이겠소?"

석정국이 느긋한 표정으로 답했다.

"난 당신과는 거래할 생각이 없으니 돌아가시오."

채유중이 일언지하에 축객령을 내렸다.

그의 표정에는 아예 상대도 하기 싫다는 기색이 역력했다.

"거래는 이미 터놓고 그 무슨 오리발이시오?"

석정국이 비릿한 미소와 함께 말했다.

"그게 무슨 허튼소리요?"

채유중이 눈살을 찌푸리며 지부장 구혁문과 아들 채호영을 쳐다보았다.

평소 채유중은 적금상회를 상인으로 보지 않고 도적의 무리로 여기고 있었기에 그들과 연관되는 일은 철저히 금했다. 당연 거래관계도 있을 수가 없었다. 그래서 혹시 두 사람이 자신 몰래 어떤 거래를 했는지 눈으로 추궁한 것이다.

그러나 두 사람도 어떻게 적금상회와 거래가 이루어졌는지 알지 못했다.

"절대로 그런 일 없습니다, 아버님!"

"그렇습니다. 저놈들과는 눈도 마주치기 싫습니다."

채호영과 구혁문이 강하게 고개를 저었다.

"그렇다는구려."

채유중이 석정국을 향해 말했다.

"이번 상선을 통해 늦어진 화물의 반 이상이 우리 적금방의 화물인데 그 무슨 망발이시오."

석정국이 빙그레 웃으며 채유중을 쳐다보았다.

"그게 무슨 말이오!"

채호영이 고함을 질렀다.

몇 번을 확인했지만 결단코 그들의 물품은 실은 적이 없었다.

"실을 때는 우리 화물이 아니었지만 싣고 난 후부터는 우리 화물이 되었소. 무슨 말인고 하니… 화주들이 선박에 화물을 실은 후 우리에게 인도했다는 말이지요. 그러니 당연히 그 화물은 우리 적성상회의 물건인 것이오. 거짓말인지 확인해 보시오."

석정국은 화물매매증서를 채유중에게 건넸다.

화물매매증서를 확인한 채유중이 신음을 흘렸다.

자신들 선박에 운송을 의뢰한 화주들에 대해서는 누구보다 잘 안다.

오랜 세월 동안 거래를 터온 사람들이었다. 그런 사람들이 이렇게 화물을 적성상회에 넘겼다는 것은 놈들이 흑도무인들을 동원해 협박을 했다는 말이다.

'더러운 놈들!'

채유중은 이를 갈며 석정국과 같이 온 다섯 무인을 쳐다보았다.

상인은 무공을 익히지 않았다 하더라도 뛰어난 고수들을 고용하여 그 가문은 웬만한 무가 못지않은 무력을 지니고 있다.

화물매매증서에 수결을 한 화주들도 만만찮은 무인들을 고용하고 있었다. 그럼에도 불구하고 그들이 이렇게 수결을 했다는 것은 석정국과 함께 온 저 다섯 명이 화주들이 고용한 무인들로서는 상대도 안 되는 고수란 말이었다.

그러나 아무리 살펴보아도 그들이 누구인지 알 길은 없었다.

"이젠 그 화물들이 우리 것이라는 것을 인정하겠지요?"

석정국이 득의에 찬 미소와 함께 물었고 채유중은 아무 대답도 하지 못했다.

서류상으로는 아무런 하자가 없으니 그럴 수밖에 없었다.

"그래서 뭘 원하시오?"

채호영이 채유중을 대신해 석정국에게 질문을 던졌다.

더 이상 왈가왈부해 봐야 입만 아플 뿐이고 그들의 속셈을 파악하는 것이 현실적이었다.

"당연히 변상이지 무엇이겠소. 오성상단에서 화물 인도가 늦어 손해를 보았으니 그 변상을 해주어야 도리가 아니겠소?"

석정국이 입꼬리를 비틀며 말했다.

"변상해 드리겠소. 이런 경우 최고로 치더라도 화물가액의 이 할을 변상하는 것이 상례요. 그러니 그 가격으로 해드리지요."

채유중이 입술을 깨물며 변상액을 제시했다.

"일반적으로야 그렇지요. 하지만 그건 서로의 신뢰를 바탕으로 합의가 있어야 가능한 일이지요. 우리가 서로 신뢰하는 관계였던가요?"

석정국이 입가에 떠올라 있던 미소를 지우고 정색을 하며 물었다.

채유중은 대답을 하지 않았다. 놈들과 신뢰관계를 쌓느니 수적과 동업을 하는 것이 나을 일이었다.

"역시 우리 두 상단 사이에 신뢰 같은 것은 없지요?"

석정국이 느물거렸다.

"난 당신들을 손톱만큼도 신뢰하지 않소!"

채유중이 잘라 말했다.

"내 말이 그 말이오. 우리 사이에는 손톱만큼의 신뢰감도 없으니 그 변상액 역시 받아들일 수가 없다는 말이지요."

"그래서 하고 싶은 말이 무엇이오?"

채유중이 결론을 물었다.

결국은 놈들이 원하는 것은 이것이었다.

"변상액으로 금 백만 냥을 내시오."

석정국이 손가락 두 개를 펼쳐 보이며 답했다.

"말도 안 되는!"

"터무니없는……."

이곳저곳에서 분기 어린 목소리들이 터져 나왔다.

황금 백만 냥이면 오성상단의 반 이상을 내어놓으라는 말이다.

"그게 말이 된다고 생각하시오?"

채유중이 어처구니없는 표정으로 물었다.

그건 말이 되지 않는다. 무언가 다른 노림수가 있어 억지를 쓰는 것이다.

"물론 말이 안 되지요. 우리 형님, 아니, 회주께서는 때때로 말도 안 되는 떼를 쓰지요. 그래서 내가 나설 때가 많지요. 그건 말이 안 되니 다른 조건을 내걸겠소. 아까 말했듯이 신뢰만 쌓이지면 간단히 해결이 될 문제지요."

"계속해 보시오."

채유중이 차가운 음성으로 대꾸했다.

"우리 회주님의 셋째 아들이 단주님의 장녀에게 마음을 빼앗긴 듯하니……."

"닥쳐!"

채호영이 고함을 지르며 석정국의 말을 가로막았다.

석시양의 셋째 아들이라면 파락호로 소문이 자자한 놈이었다.

아비의 힘을 믿고 도박에, 부녀자 강간에, 초장부터 싹수가 노란 놈이었다. 그런 놈과 동생 영영이 함께 거론된다는 것만으로도 구역질이 날 지경이었다..

"지금 당장 결정하라는 것은 아니오. 신뢰관계 회복에 혈연관계보다 빠르고 좋은 것이 없으니 제안을 하는 것이오."

석정국은 채호영의 험구에도 일말의 표정 변화 없이 말을 이었다.

"내가 오늘 이곳에 온 것은 그 말을 전하기 위해서이오. 당장 결정하라는 것은 아니니 부디 잘 생각해 보고 결정을 하길 바라오."

"생각하고 말고 할 것도 없소. 그 제안은 확실하게 거절하겠소."

채유중이 볼살을 부르르 떨며 말했다.

화물 운송 지연에 따른 변상이 목적인 줄 알았는데 뜻밖에도 놈들이 원하는 것은 딸 채영영이었다.

석시양의 파락호 아들놈이 딸 영영을 언제 보았단 말인가?

최근 영영은 아들 호영을 따라 활발하게 움직였으니 본 적도 있을 것이다. 그래서 넌지시 부친에게 말을 했고 석시양 그놈은 이번 기회에 오성상단과 관계를 맺고 개봉에까지 발을 들이려 하고 있었다.

놈들이 개봉에 발을 들이는 것도 묵과할 수 없는 일이고, 딸 영영을 며느리로 삼겠다는 말은 더더욱 안 될 일이다.

문제는 놈들이 꼬투리를 잡고 계속해서 물고 늘어지면 영영의 혼삿길이 막힌다. 놈들은 그 약점을 파고들며 끈질기게 물고 늘어져 다른 것을 얻어내려 하는 것이다.

"거절이라……. 그럼 금 백만 냥을 변상하든지……."

석정국이 딱딱하게 말했다.

채유증의 눈에 불길이 일었지만 당장은 어쩔 도리가 없었다.

놈들이 억지를 부리고 있었지만 애초의 잘못은 오성상단에 있으니 놈들을 족칠 수도 없었다.

"어쨌든 난 확실히 말을 전했으니 돌아가겠소. 판단은 단주의 몫이오."

석정국은 소기의 성과를 거두었다는 듯 빙긋 미소를 지으며 등을 돌렸다.

오늘은 이것으로 끝내고 본격적인 작업은 다음에 하겠다는 표정이었다.

"저자들에 대해서도 조사를 했겠지?"

석정국이 오성상단 지부의 정문을 향해 몇 발짝 앞으로 움직이려는 찰나, 나직한 음성이 울렸다.

마치 두 사람이 소곤거리는 듯 낮은 음성이었지만 바람이 옷깃을 스치듯 모든 사람의 귓가에 흘러들었다.

제일 먼저 걸음을 멈춘 사람은 석정국 오른쪽에 있던 노인이었다.

노인은 낮게 울려 퍼지는 음성에 마치 화살이라도 맞은 듯 반사적으로 신형을 돌렸다.

음성에 실린 범상치 않은 내력을 감지한 때문이었다.

노인을 필두로 다른 네 명도 암기라도 날아드는 듯 신형을 돌렸다.

"물론입니다. 오성상단과 제일 큰 대립관계에 있는 곳은 사하상단(絲河商團)인데 저놈들이 속한 적금상회도 만만찮아 조사를 철저히 했지요. 오른쪽의 노인은 사천오흉 중 셋째인 초마도(超魔刀) 곡천(穀泉)입니다."

다른 목소리가 답했다.

"어헉!"

초마도 곡천이라는 말에 오성상단 지부의 무사들이 불식간에 경호성을 토했다.

초마도 곡천이라는 말보다는 사천오흉이라는 단어가 그들에게는 더 공포스러웠다.

그들이 들이닥치자 막아서긴 했지만 만약 시비가 일어 칼부림이 벌어졌다면 단 일합에 모두 고인이 되었을 것이다.

그만큼 사천오흉은 악명이 높았다.

그중 셋째가 적금상회에 있었다.

"다른 자들은?"

낮은 목소리가 다시 울렸다.

그 목소리는 사천오흉이라는 별호에 조금도 흔들리지 않고 담담했다.

"다른 세 명은 고만고만한 자들이에요. 저기 청색 무복을 입은 자는 혈귀도(血鬼刀) 마강진(馬鋼秦)이라는 자로, 초마도 곡천과 함께 최근에 영입됐다고 들었어요. 그리고 그 옆의 대머리는 독두쌍검(禿頭雙劍) 초진고(焦璡古), 또 깡마른 중년인은 예전부터 적금상회에 있던 자로 흑응수(黑鷹手) 이조림(李組林)이라 해요. 조권이 특기죠. 그리고 마지막으로 백의를 입은 중년인은 공필(孔必)이라는 자로 그냥 석정국의 옆에서 모사꾼 노릇이나 하는 인간이니 신경 안 써도 돼요."

이번에는 여인의 목소리가 흘러나왔다.

방울 소리처럼 짤랑거리며 듣기만 해도 절로 미소가 지어질 듯한 목소리였지만 그 내용은 살벌하기 그지없었다.

혈귀도, 독두쌍검, 흑응수…….

아무리 짤랑거리는 목소리로 읊었지만 다리가 후들거릴 만한 별호들이었다.

그러나 무엇보다 두려운 별호는 초마도였다.

그에 비하면 다른 별호들은 정말 고만고만하다고 할 수 있을 정도였다.

그들을 막아섰던 오성상단 지부의 무사들은 저도 모르게 몇 발짝씩 뒤로 물러나 있었다.

채유중의 눈빛이 어지럽게 흔들렸다.

무인이 아니라 그들에 대해서 아는 바가 없었지만 무사들의 반응만 보아도 그들이 어떤 자들인지 짐작이 가능했다.

그런데…….

그런 별호들을 장난처럼 읊조리고 있는 목소리의 주인공은 누구란 말인가?

채유중은 목소리가 흘러나온 곳으로 고개를 돌렸다.

다른 모든 사람도 마찬가지로 고개를 돌려 목소리의 주인공을 찾았다.

"초마도란 자의 무공은 어느 정도지?"

목소리가 다시 흘러나왔다.

"꽤 세요. 하지만 사부님에 비하면 새 발의 피죠."

짤랑거리는 여인의 목소리가 답했다.

"이런 쳐죽일 놈들이!"

독두쌍검 초진고가 달려왔다.

"아마 생사필검 오 대협과 대결하면 제법 승부가 될 것 같아요."

"엇!"

생사필검이라는 여인의 말에 초진고가 경호성을 터뜨리며 그 자리에 섰다.

익히 아는 자였기 때문이다.

"저 대머리는 예전에 오 대협에게 일 초 만에 나가떨어졌다는 소문이 있어요."

여인, 사진혜가 다시 말했다.

독두쌍검 초진고의 얼굴이 똥색으로 변했다. 대신 눈빛은 잡아먹을 듯 사진혜를 노려보았다.

"그럼 저놈들은 너희 둘이 맡아라."

낮은 목소리의 주인공, 유한성이 차분하게 말했다.

"해장감이죠."

사진혜가 자신만만하게 답했다.

대화를 마친 유한성이 천천히 걸어나왔다.

지부 호위무사들과 가솔들이 비단폭이 갈라지듯 두 쪽으로 갈라지며 유한성만 쳐다보았다.

유한성은 다른 사람은 쳐다보지도 않고 초마도 곡천을 향해 다가갔다.

"건방진 놈!"

흑응수 이조림이 고함과 함께 허공으로 떠올랐다. 그리고

는 대붕전시(大鵬展翅)의 수법으로 양팔을 벌리며 유한성에게
로 떨어져 내렸다.

독수리의 손톱 모양으로 오므린 그의 손아귀에서 얼핏 은
광이 비쳤다. 철조(鐵爪)를 끼운 손으로 응조수를 펼치는 것
이 그의 독문무공이었다.

휘익—

유한성이 허공을 쳐다보지도 않은 채 적운검을 휘둘렀다.

번쩍—

한줄기 검기가 허공을 갈랐다.

"크아아악!"

단 일격에 두 손목이 잘린 이조림이 장내가 떠나갈 듯 비명
을 지르며 바닥에 떨어져 내렸다.

검기에 의해 깨끗하게 잘린 이조림의 두 손목에서는 한참
후에 선혈이 터져 나왔다.

"으으—"

새파랗게 질린 독두쌍검 초진고가 신음을 흘리며 불식간
에 옆으로 물러났다.

이조림은 자신보다 한 푼이라도 더 고수였다. 그런 사람이
단 일검에 두 손목이 한꺼번에 잘렸다는 사실은 섣불리 달려
들 생각을 못하게 했다.

혈귀도 마강진도 유한성의 몸에서 뻗어 나오는 기세에 자
신도 모르게 옆으로 물러섰다.

"저, 저리 가!"

무공을 모르는 공필은 비명을 지르며 초마도 곡천의 뒤로 몸을 숨겼다.

"웬 놈이냐?"

초마도 곡천이 눈을 번뜩이며 유한성을 쳐다보았다.

"알려줘도 모를 거요."

유한성이 검을 들어 올리며 답했다.

우우웅—

검첨에서 무거운 진동음이 울렸다.

마치 사나운 맹수의 낮은 포효 같은 검명에 초마도 곡천은 등줄기가 식은땀이 흐르는 것을 느꼈다.

손자뻘밖에 안 되는 놈이었다.

그런데 뭐 이런 놈이 다 있단 말인가?

결코 호위무사는 아니었다. 상가의 호위무사 따위가 검기로 흑응수의 팔목을 자를 수는 없다.

"부딪쳐 보면 알겠지."

초마도 곡천이 도를 뽑았다.

스르릉—

새하얀 도신에 양광이 반사되자 도가 살아 꿈틀거리는 것 같았다. 뒤이어 진기가 흘러들며 곡천의 도는 시퍼런 살기를 뿜어냈다.

그것만으로도 곡천의 내력이 절대로 만만치 않음을 짐작

케 했다.

"선공을 양보하지."

초마도 곡천이 유한성에게 말했다.

유한성의 무위가 가공해 보였지만 아무리 그래도 스물 정도밖에 안 되어 보이는 애송이에게 선공까지 한다는 것은 체면이 서지 않는 모양이었다.

"사양 않겠소."

짤막하게 말한 유한성이 그대로 검을 그어올렸다.

기수식도 없었고 어깨의 움직임도 없었다. 마치 수풀 속에 숨어 있던 메추리가 코앞에서 갑자기 날아오르는 것 같았다.

곡천이 대경하며 몸을 틀었다.

사악—

곡천의 앞가슴이 훤히 열리며 맨살이 드러났다. 조금만 늦었어도 심장이 갈라질 뻔한 순간이었다.

그러나 그게 끝이 아니었다.

유한성의 검이 곡천의 머리 위쯤에서 회전하며 목으로 떨어져 내렸다.

초와 식의 구별이 없는 바람 같은 검이었다. 또한 그 바람 속에는 집채만 한 바위라도 잘라 버릴 것 같은 파괴력이 담겨 있었다.

곡천의 얼굴이 핼쑥해지며 필사적으로 도를 쳐올렸다.

까앙—

불똥이 튀며 곡천의 도가 휘청 뒤로 튕겼다. 그 사이로 유한성의 걷이 빠르게 찔러들었다.

그러나 곡천 역시 사천에서 악명이 자자하던 백전의 노장, 도를 교묘하게 뒤틀며 유한성의 검을 쳐 낸 그는 신형을 빙글 돌려 유한성의 허리를 잘라갔다.

실로 시기적절하면서도 수많은 실전 경험이 없다면 절대로 펼칠 수 없는 수법이었다.

유한성의 허리가 초마도에 속절없이 잘리려는 순간, 유한성의 신형이 그 자리에서 푹 꺼지며 두어 자 가까이 옆쪽에서 솟아올랐다.

초마도 곡천은 물론, 혈귀도 마강진, 독두쌍검 초진고의 눈이 경악으로 물들었다.

저런 신법은 절정고수에게서나 구현되는 것이었다. 뻔히 눈으로 보았지만 그것을 인정하기에는 유한성의 나이가 너무 어렸다.

쉬이익—

초마도의 절묘한 공격을 무위로 돌린 유한성의 검이 무수한 잔영을 그리며 곡천에게로 날아들었다.

곡천이 하얗게 탈색된 얼굴로 유한성의 어지러운 검초를 한꺼번에 잘라갔다.

따다다당—

철판 위에 우박이 떨어지는 듯한 소리가 연속으로 터져 나왔다.

곡천의 무거운 도에 유한성의 검이 튕겨나는가 싶은 순간,
유한성의 검이 두 자는 더 길게 늘어났다.

츄아아악—

새하얀 검기가 곡천의 어깨에서부터 심장까지 길게 베고
난 후 적운검 속으로 사라졌다.

"으으……"

곡천이 공포에 질린 신음을 흘리며 자신의 가슴을 내려다
보았다.

마치 유리의 표면처럼 매끄럽게 잘린 가슴으로 죽음의 그
림자가 빠르게 스며들었다.

쿵!

곡천의 신형이 바닥으로 뒹굴었다. 뒤이어 그의 심장에서
피분수가 터져 나왔다.

사천오흉이라는 악명이 너무나 허무하게 세상에서 사라지
는 순간이었다.

모두 얼어붙은 채 눈만 끔벅이며 곡천과 유한성을 쳐다보
았다.

"노야!"

제일 먼저 정신을 차린 혈귀도 마강진이 고함을 지르며 곡
천에게로 달려갔다.

"네놈은 내 차지다."

사진용이 바람처럼 다가서며 마강진의 허리를 잘라갔다.

살수검을 익힌 그의 신형은 제대로 보이지도 않은 상태에서 어느새 마강진의 코앞으로 육박하며 검을 휘두르고 있었다.

파앗—

마강진이 급히 혈귀도를 휘둘렀지만 곡천의 죽음에 동요되어 빈틈을 너무 많이 노출시킨 그의 허리가 길게 잘렸다.

"크윽!"

마강진이 억눌린 신음과 함께 도를 쳐올렸다.

그러나 사진용의 신형은 어느새 반대쪽으로 돌아가며 마강진의 심장으로 검을 찔러 넣었다.

푸욱—

마강진이 불신의 눈으로 사진용을 쳐다보다가 천천히 뒤로 넘어갔다.

쌔애액—

귀곡성과 함께 검 한 자루가 허공을 갈랐다.

파앗—

독두쌍검 초진고의 목이 허공으로 떠오르며 피보라가 터졌다.

곡천과 마강진의 허무한 죽음을 본 독두쌍검 초진고가 필사적으로 도주를 하다가 유한성의 비검술에 검하고혼이 된 것이다.

“으으……”

날아오는 검을 가볍게 회수한 유한성이 다가오자 석정국은 사색이 된 채 뒤로 물러났다. 어느새 그의 바지는 지린 오줌으로 축축히 젖어 있었다.

“우, 우린 협상을 하러 온 것이오.”

석정국의 옆에서 같이 뒤로 물러나던 공필이 필사적으로 외쳤다.

“내가 듣기엔 전혀 그렇지 않던데.”

유한성이 계속 다가가며 말했다.

“아니오, 우리는 혼담을…….”

파앗—

유한성의 검이 허공을 갈랐고 공필의 목도 바닥을 굴렀다.

이런 놈은 죽일 수 있을 때 최대한 빨리 죽이는 게 나았다. 길게 살려놓을수록 온갖 술수를 부리며 피곤하게 만든다. 오늘의 모든 계략 역시 그의 머리에서 나왔는데 더 이상은 불가능해진 것이다.

“나, 난 아니오. 난 무인이 아니오.”

석정국이 온몸을 사시나무처럼 떨며 연방 뒷걸음질을 쳤다.

그러나 사진혜의 검이 뒤통수에 와 닿자 그는 더 이상 뒷걸음질도 치지 못하고 두 손을 연방 비볐다.

“살려주시오. 살려만 주면…….”

“어떻게 할 건데?”

사진혜가 대신 물었다.

“오, 오늘 일은 없었던 것으로 하고 깨끗이 잊겠소.”

석정국이 손이 발이 되도록 빌며 고개를 연신 주억거렸다.

“어떻게 할까요, 오라버니?”

사진혜가 유한성을 보며 물었다. 명령만 내리면 그대로 검을 휘두르겠다는 의지가 그의 검에서 고스란히 느껴졌다.

“자존심이 없는 놈은 약속도 잘 안 지키지.”

비굴할 정도로 떨고 있는 석정국을 보며 유한성이 차갑게 내뱉었다.

“아, 아니오. 꼭 지키겠소. 그, 그리고 나를 여기서 죽이면 내 형이 가만있지 않을 것이오. 그러면…….”

파앗—

유한성의 검이 한차례 흔들리며 석정국의 귀가 떨어져 나갔다.

“그러면 네 형도 저놈들 꼴이 되겠지.”

유한성이 바닥에 뒹구는 시신들을 쳐다보며 차갑게 말했다.

“제, 제발 살려주시오. 그러면 내가 무슨 수를 써서라도 형을 설득시키겠소. 나도 내 형을 살리고 싶소. 제발!”

석정국이 털썩 주저앉으며 바닥에 고개를 찧었다.

“이자에게 가족이 있나?”

유한성이 사진용에게 물었다.

"예. 부인과 아들 셋, 딸 둘이 있습니다."

사진용이 기억을 떠올리며 답했다.

"보내주지. 그리고 당신 형을 향한 당신의 설득력이 부족했다는 것이 드러나면 당신들이 잘 쓰는 방식대로 새벽에 당신 가족을 찾아가겠소. 보여줘."

유한성이 지시하자 사진용이 손을 흔들었다.

은분이 뿌려지며 허공이 흔들렸다. 그리고 사진용의 신형이 사라져 버렸다.

주변 사람들의 입이 놀라 벌어지는 순간, 사진용의 신형이 유한성의 그림자 속에서 솟아나며 석정국의 목에 검을 겨누었다.

석정국은 이젠 놀랄 기력도 없는지 망연히 고개만 끄덕거렸다.

"어서 꺼져, 이 뱀 같은 인간!"

사진혜가 검을 거두며 석정국의 등을 걷어찼다.

석정국이 공처럼 몇 바퀴나 굴러가다가 겨우 신형을 일으켜서 비틀거리며 도망을 갔다.

"너무 과한 처사가 아닌가?"

아직까지도 얼어붙어 아무도 움직이지 못하는 가운데 채호영이 유한성에게 다가와 말했다.

"시간을 끌며 해결하고 싶나?"

유한성이 담담하게 되물었다.

"그건… 절대로!"

채호영이 강하게 고개를 저었다.

놈들이 혼담이니 뭐니 하며 곳곳에 소문을 내며 물고 늘어지면 동생 영영에게 치명적인 피해가 돌아간다. 그건 절대로 바라지 않는다.

"꼭 베어야 할 놈들이라면 단칼에 베어버려야 후한이 없는 법이지. 사제!"

유한성이 사진용을 쳐다보았다.

"말씀하십시오."

사진용이 빙긋 웃으며 답했다.

"저자의 수급을 소리없이 적금상회주 안방에 갖다놓을 수 있겠지?"

유한성이 초마도 곡천의 시신을 보며 말했다.

"신경 쓰일 만한 자들은 모두 여기 누워 있으니 장난이지요."

사진용이 입꼬리를 비틀며 고개를 끄덕였다.

유한성은 더 이상 아무 말도 하지 않고 등을 돌렸다.

"고맙네."

별채 쪽으로 걸어가는 유한성을 보며 채호영이 말했다.

"서로 그런 말을 안 하기로 한 줄 알았는데?"

유한성이 여전히 걸음을 옮기며 대꾸했다.

"경황 중이라 깜박했네. 앞으로는 그렇게 하지."

채호영이 빙긋 웃으며 고개를 끄덕였다.

"낮술 한잔하시겠습니까, 아버님?"

유한성의 모습이 사라진 후 채호영은 아직도 굳어 있는 채유중을 향해 말했다.

"차려 오너라!"

채유중이 짤막하게 말하고는 서둘러 안으로 들어갔다.

대법
第六十八章

천호연이 도착한 지 이십 일째.

대법을 위한 준비가 급하게 이루어졌다.

하수린의 상태가 예상보다 심각했기 때문이다.

그동안 유한성은 천호연이 이르는 대로 운기를 반복하며 하수린의 몸속에 자신의 기운을 불어넣을 준비를 했고, 하수린은 쇠약해진 기운을 최대한 북돋우는 치료를 받았다.

그렇게 한 달간 충분히 준비를 하여 대법을 시행하기로 했는데 하수린의 몸이 너무 쇠약해 그때까지 버틸 수가 없었다.

갈등을 거듭하던 산동제일의 천호연은 열흘을 앞당겨 대법을 시행하기로 결정을 내렸다.

완벽을 기하기 위해 이대로 계속 준비를 하다가는 대법도 시행해 보지 못한 채 하수린의 생명이 꺼져 버릴 수도 있었다.

그럴 바에야 바로 대법을 시행하는 것이 나았다.

완벽히 준비한 상태에서 대법에 임하는 것에 비해 성공할 확률은 떨어지지만 그 부분은 운명에 맡기는 수밖에 없었다.

"전 괜찮아요, 백부님. 한 달 동안 온갖 약을 다 먹는 것도 지겨웠는데 오히려 잘됐어요."

충분히 준비를 하지 못해 노심초사하는 천호연과 달리 하수린은 태연하기만 했다.

비록 한 번도 시도된 적이 없는 대법이었지만 천호연과 유한성의 존재는 그 어떤 것보다 더 강한 믿음을 주었다.

"그렇게 가볍게 여길 일이 아니다."

하유걸이 무거운 음성으로 말했다.

"그렇다고 너무 걱정 말게. 잘될 걸세."

천호연은 안절부절못하는 하유걸 부부를 보며 안심을 시켰다.

기가 몸속 어디로 흐르는지 훤히 볼 수 있는 능력을 지닌 유한성이 버티고 있는 이상 대법은 몇 배로 쉬웠다.

특히 유한성의 단전에 끝까지 녹지 않고 또아리를 틀고 있는 한줄기 정체 모를 기운!

그 기운은 하수린과 가까이 있을 때면 음고(陰蠱)와 양고(陽

蠱)가 반응하듯 꿈틀거린다는 것도 이곳에 와서 알게 되었다.

'운명이야. 그렇게 말할 수밖에.'

천호연은 속으로 혀를 찼다.

온 천지를 다 뒤진다 해도 지금 하수린의 대법에 유한성만큼 적격자는 없을 것이다.

어쩌면 태어나기 전부터 그렇게 예정된 것 같다는 생각도 들었다.

"이젠 시작할 테니 편안히 기다리게."

천호연은 다시 한 번 하유걸 부부와 그 아들들을 안심시킨 후 방을 나섰다.

대법은 별채에 있는 지하 석실에서 시행하기로 했다.

석실은 오성상단 낙양지부에서 중요한 물품을 보관하는 창고로 쓰던 곳인데 대법을 위해 물품들을 치우고 깨끗이 청소를 하여 부족함이 없게 만들어 놓았다.

하수린은 이틀 전부터 식음을 전폐하고 수많은 약물이 혼합된 긴 욕조 속에 누워 둥둥 떠 있었다.

욕조 속의 약물들이 헤엄을 치지 않아도 그녀의 몸을 부드럽게 띄웠다.

약물 속에 뜬 상태에서 그녀의 몸 전신에는 은빛 침들이 무수히 꽂혀 있었다. 그것은 그녀의 몸속에 격벽을 이룬 모든 혈에 한 치 오차도 없이 꽂힌 것이었다.

유한성은 그녀의 옆 침상에 앉아 눈을 감고 하수린의 몸속
에 흐르는 기운에 신경을 집중하고 있었다.

덜컹—

철문이 열리며 천호연이 석실로 들어왔다.

한시도 멈추지 않고 하수린의 몸속에 흐르는 기운을 살피
던 유한성은 천천히 눈을 떴다.

"위험부담이 많지만 이젠 더 이상 미룰 수가 없겠네."

천호연이 담담하게 말했다.

유한성은 약간 긴장한 표정으로 몸을 일으켜 하수린이 누
워 있는 욕조로 다가갔다.

"어떤가?"

천호연이 유한성에게 하수린의 상태를 물었다.

의원이 대법 당사자들에게 물어보는, 남들이 보면 도저히
이해하지 못할 상황이었다. 하지만 진맥보다 더 정확하게 환
자의 상태를 읽는 눈을 가진 유한성이었기에 천호연은 유한
성의 그 능력을 십분 이용하기로 했다.

"의원님 말씀대로 한 치 어긋남 없이 되어가고 있습니다."

유한성이 조심스럽게 답했다.

지난 이십 일 동안 천호연의 침술과 약 처방으로 하수린의
몸속에 흐르는 기운을 제각각 가두던 격벽들은 극히 얇아지
며 그 사이로 미세하게나마 진기가 흐르고 있었다. 그건 천호
연이 그동안 하수린이 타고난 오음칠절절맥에 대해 불철주야

연구한 때문에 가능한 일이기도 했다.

"그래. 그럼 됐네."

천호연은 밝아진 얼굴로 하수린을 쳐다보았다.

진맥으로도 그건 확인이 가능했지만 진맥보다 더 확실하게 읽는 눈을 가진 유한성이 확인해 주니 더욱 자신감이 생긴 것이다.

"괜찮으냐?"

천호연은 하수린에게도 질문을 던졌다.

"괜찮아요, 백부님."

하수린이 조금도 긴장하지 않은 음성으로 답했다.

"허허!"

천호연은 너털웃음을 터뜨렸다.

자칫 잘못되면 지독한 고통과 함께 온 혈맥이 터져 죽을 수도 있었다. 그래서 극도로 긴장해야 할 터인데 너무 태평했다.

그건 천호연과 유한성을 철석같이 믿고 있다는 증거였다.

"많이 아플 것이다."

천호연이 부드럽지만 엄하게 말했다.

"참아야죠."

하수린은 여전히 태평스럽게 답했다.

"그래. 그럼 더 이상 주의사항을 말할 필요가 없구나. 시작하도록 하마."

천호연은 석실 구석에서 김이 모락모락 피어오르는 약탕기를 들고 와 사발에 약을 따랐다.

생전 처음 맡는 기이한 향기가 온 석실로 퍼져 나갔다.

그 향기만큼이나 이 약 속에는 온갖 기이한 약재가 다 들어 있었다.

돈으로 따지자면 수만 냥을 주어도 살 수 없을 만큼 비싼 약재도 있었고, 보통 사람들은 평생 들어보지도 못한 진귀한 약재도 있었다.

천호연의 평생 연구를 이 한 그릇의 약사발에 다 담았다고 해도 과언이 아니었다.

"이 약을 복용한 후 네 몸에 꽂은 침을 뽑을 것이다. 그럼 다시 맥이 폐쇄되려 할 것이다. 그때 한성이가 내 지시에 따라 혈을 씻어낼 것이다. 그땐 고통이 클 텐데 참을 수 없으면 고함을 질러도 된다."

천호연은 대법의 상황에 대해 설명을 해 나갔다.

"그럴게요."

하수린은 아무런 표정 변화 없이 고개를 주억거렸다.

"이 녀석아! 지금 어디 종기라도 하나 짜는 줄 아는 것이냐. 어찌 그리 태평이냐!"

전혀 긴장을 하지 않는 하수린을 향해 천호연이 마침내 목소리를 높였다.

"속으로는 무척 긴장하고 있어요, 백부님."

말은 그렇게 했지만 미소를 머금은 하수린의 표정 어느 구석에도 긴장한 기운은 보이지 않았다.

"살다 살다 이런 경우는 처음 당한다. 하긴, 도저히 불가능할 것 같은 고비를 몇 번이나 뛰어넘고 여기까지 왔는데 더 무슨 긴장감이 있겠느냐."

천호연이 고개를 끄덕였다.

그동안 유한성이 행한 일과 하수린이 겪은 일들을 생각하면 지금은 오히려 기쁨에 겨워 춤이라도 추고 싶을 정도일 것이다.

도저히 가능할 것 같지 않았던 재회!

그것이 이루어진 이상 두 사람은 아무 걱정이 없는 것 같았다.

"그럼 시작하도록 하마."

천호연이 약사발을 기울여 하수린의 입으로 천천히 흘려넣었다.

기이한 향기와는 달리 약은 무척 썼는지 하수린이 인상을 찌푸렸다.

"너무 쓰군요. 일부러 쓰게 달여 온 것은 아니죠, 백부님?"

하수린이 더욱 인상을 찌푸렸다.

"제발 긴장 좀 하거라. 자칫 실수라도 하면 큰일이니라."

"그럴게요."

여전히 대답은 태평이었다.

“이젠 침을 뽑겠다. 그러니 자네도 준비하게.”

하수린의 맥을 짚고 있던 천호연이 유한성을 보고 말했다.

고개를 끄덕인 유한성이 눈을 감은 채 하수린의 단전에 손바닥을 갖다댔다.

어느새 그의 손에는 아지랑이 같은 기운이 일렁거리고 있었다.

“지금!”

천호연이 침 한 개를 뽑았다.

유한성은 하수린의 단전에 손을 댄 채 눈을 감고 하수린의 몸속에 흐르는 기운에 신경을 집중했다.

천호연의 침에 의해 무너졌던 격벽이 출렁거리며 다시 견고한 집을 지으려 하고 있었다.

우우웅—

유한성의 손바닥에서 흘러나온 진기가 하수린의 혈맥으로 흘러들며 집을 지으려 하는 격벽을 무너뜨렸다. 그리고는 깨끗이 씻어버렸다.

꿈틀!

작살에 맞은 듯 하수린의 상체가 출렁거렸다.

하수린은 얼른 옆에 준비한 면포를 입에 물었다.

천호연의 말대로 가볍지 않은 고통이 엄습해 왔기 때문이었다.

“다시!”

천호연이 침 하나를 또 뽑았다.

유한성이 정수리에 신경을 집중한 채 침이 뽑힌 혈맥으로 진기를 불어넣었다.

유한성의 단전에서 흘러나온 진기와 천호연이 투입한 약물의 기운이 하수린의 절맥을 향해 질주했다.

"으음!"

이번에는 고통을 참을 수 없었는지 하수린이 나직한 신음을 토했다.

"조금만 참아."

유한성이 차분하게 말하며 기운을 흘러 넣었다.

정수리를 통해 기운이 어디로 흘러가는지 훤히 읽고 있기에 한 치의 오차도 없는 흐름이었다.

즉시 하수린의 얼굴에 편안함이 번져 나갔다.

"다시!"

천호연은 계속해서 침을 한 개씩 뽑아 나갔고 그때마다 유한성은 기운을 이끌며 하수린의 혈맥을 씻어 나갔다.

총 삼백육십 개의 침이었다.

그 한 개 한 개를 뽑을 때마다 하수린은 큰 고통을 느꼈다.

그러나 하수린은 간간이 낮은 신음 소리만 흘리며 고통을 참았다. 정말 초인적인 인내심이었다.

그러나 어느 순간, 그 한계가 왔다.

첨벙!

다 뽑아내고 마지막 열 개의 침을 남겨 놓았을 때 유한성의 손을 잡고 있던 하수린의 손이 아래로 떨어졌다.

"몸이 너무 약해 견디지를 못하네."

천호연이 다급하게 말했다.

예정대로 한 달 충분히 준비를 했다면 견딜 수 있는 일이었다. 하지만 걸음도 제대로 옮길 수 없을 정도로 몸이 약한 하수린은 그 한 달마저도 힘들었다. 그리고 그 결과가 지금 나타나고 있었다.

걱정은 했지만 이 정도일 줄은 예상치 못한 일이었다.

아니, 그 모든 것 역시 예상하고 하는 일은 아니었다.

생전 처음 시도하는 대법이고, 누구도 시도하지 않은 일이었다. 엄청난 내력을 지닌 유한성이 없었다면 아마도 시도할 엄두도 못 냈을 것이다.

"수린아!"

천호연이 고함을 치며 하수린의 볼을 세차게 두들겼지만 하수린은 아무런 반응이 없었다. 오히려 기식마저 엄엄해져 갔다.

절대로 바라지 않는 상황이었지만 사태는 최악으로 향했다.

"이젠 자네에게 달렸네. 지시한 대로 하게."

마지막 열 개의 침을 다 뽑아낸 천호연이 다급한 음성으로 말했다.

자신으로서는 더 이상 속수무책인 것을 안 천호연은 유한
성에게 모든 것을 맡겼다.

천호연으로부터 모든 것을 인계받은 유한성은 정수리에
더욱 신경을 집중하며 하수린의 단전으로 기운을 불어넣었
다.

우우웅―

웅혼한 기운이 계속해서 하수린의 혈맥으로 흘러 들어갔
다.

그 기운이 막힌 혈에 이르자 작은 소용돌이를 쳤다.

"으음!"

무의식 상태에서도 하수린은 고통스런 신음을 흘렸다.

이제껏 고통을 덜어주던 유한성의 기운이 이번에는 소용
이 닿지 않고 오히려 고통을 가중시키는 모양이었다.

유한성은 더욱 조심해서 진기를 이끌었다.

그러나 사태는 더욱 악화되었다.

하수린의 혈맥에서 소용돌이치던 기운은 더 거세어졌고
하수린의 얼굴은 시커멓게 변해갔다.

'낭패다!'

하수린의 맥을 잡고 있던 천호연은 속으로 경호성을 터뜨
렸다.

그동안 하수린의 몸에 투입되었던 엄청난 양의 영약의 기
운들이 역류하기 시작했다.

울컥!

급기야 하수린의 입에서 한 모금 선혈이 토해져 나왔다.

이젠 완전히 통제불능이었다.

격벽이 모두 무너진 하수린의 혈맥은 홍수가 난 듯 요동을 쳤고 모조리 터져 나갈 듯 부풀어 올랐다.

'흐흡!'

유한성은 온 내력을 다 끌어올리며 하수린의 혈맥에서 요동치는 기운들을 다스려 나갔다.

그러나 한번 둑이 무너진 물길은 쉽사리 잡히지 않았다. 오히려 더 큰 격류를 만들며 유한성의 혈맥으로 흘러들었다.

"단전에서 손을 떼게!"

천호연이 고함을 질렀다.

역류한 기운들이 세차게 유한성의 혈맥으로 흘러들고 있었다.

이대로 계속 두면 하수린은 한줌 혈수로 흘러내리는 것은 물론, 유한성마저 치명적인 내상을 입게 될 것이다.

하수린의 몸에는 영약 못지않게 강력한 독성의 기운도 녹아 있었다.

그동안 이독제독의 이치로 중화시켰던 독의 기운이 이젠 제각각 뛰놀며 유한성의 몸으로 흘러들고 있었다.

아무리 유한성이 고수라 해도 이런 독이 혈맥으로 흘러들고 뇌리까지 흘러들면 백치가 될 수도 있었다.

“손을 떼라니까!”

천호연이 다시 고함을 질렀다.

그러나 유한성은 미동도 하지 않았다. 오히려 더더욱 신경을 집중하며 하수린의 몸에서 흘러드는 독기운과 탁기들을 받아들이고 있었다.

“이, 이런!”

천호연이 절망적인 신음을 토했다.

시커멓게 변하던 하수린의 혈색이 조금 밝아지는 대신 유한성의 얼굴이 검은색으로 바뀌고 있었다. 그것은 유한성이 하수린의 혈맥 속을 질주하는 독 기운을 조금도 남김없이 자신의 몸속으로 빨아들이고 있기 때문이었다.

‘이럴 수는 없어.’

천호연은 속으로 절규를 토했다.

그동안 이 날을 위해 얼마나 많은 고생을 했던가?

하수린 가족은 하수린 가족대로… 유한성은 유한성대로…….

그 모든 노력이 허사로 돌아가야 한단 말인가?

이젠 유한성의 손을 강제로 떼어낸다고 해도 가망이 없었다. 두 사람은 치명적인 상태로 혈맥이 터지든지 극독에 중독되어 죽을 것이다.

차라리 하늘에 맡기고 두고 볼 수밖에 없었다.

“하늘이시여!”

천호연은 신음 같은 기원을 토했다.

우우웅—

더 세찬 격류와 함께 두 사람의 몸이 이젠 한 몸처럼 시커멓게 변해갔다.

혈관은 지렁이가 기어가는 듯 불거졌고 금방이라도 터질 듯 요동쳤다.

콰아앙—

유한성의 뇌리에서 폭음이 울렸다.

뇌리로 흐르는 혈맥들이 모조리 터져 나가는 듯한 느낌이었다.

—그만 손을 떼!

폭음 속에서 하수린의 목소리가 울렸다.

혈맥을 통해 전해지는 목소리였다.

—이젠 그만해도 돼. 난 지금까지만으로도 행복해.

하수린의 목소리가 다시 들렸다.

—후후!

유한성은 나직하게 웃었다.

—그걸 말이라고 해?

유한성은 하수린의 혈맥 속으로 흐르는 탁기와 천형을 더욱 더 강하게 자신의 몸속으로 빨아들였다.

어머니는 살리지 못했지만 하수린은 살리고 싶었다.

아버지처럼 당연히 지켜주어야 할 사람을 지켜주지 못하

고 떠난, 세상에서 가장 못난 사내는 되고 싶지 않았다.

하수린을 지켜준다면 더 이상 아무런 한도 없을 것 같았다.

콰콰쾅!

하수린의 몸에 있던 모든 격류가 모조리 유한성의 몸으로 쏟아져 들었다.

유한성의 혈맥도 터져 나갈 듯 진탕되었다.

그러나 유한성은 조금도 망설이지 않고 하수린의 혈맥에서 역류하는 기운들을 계속해서 자신의 혈맥으로 받아들였다.

균형이 완전히 무너진 독과 영약의 기운이 유한성의 혈맥에서 소용돌이치며 황하의 흙탕물보다 더한 탁류를 만들었다.

그 탁류 속에서는 어떤 생명체도 살 수 없을 것 같았다.

유한성의 의식이 혈맥을 흐르는 탁류처럼 혼탁해졌다.

그 혼탁한 의식 속에서 어머니의 얼굴이 떠올랐다.

환하게 웃는 어머니의 얼굴이 하수린의 얼굴과 겹쳐졌다.

그러던 두 사람의 얼굴이 갑자기 사라지며 그곳에서 핏빛 안개만 가득 들어찼다.

핏빛 안개가 온 세상을 집어삼킬 듯 빠르게 퍼져 나갔다.

피보다 더 붉은 색감의 안개!

그것은 절벽에서 백사에게 물린 후 지독한 갈증과 함께 입 안으로 우겨넣었던 핏빛 꽃잎과도 같은 색감이었다.

아니, 그 안개가 바로 핏빛 꽃잎이었다.

백사에 물리고 지독한 갈증을 삭혀줄 것 같았던 그 꽃잎이
이젠 온통 혈맥 속을 질주하며 혈맥을 터뜨리려 하고 있었다.

그 순간!

스스스—

한 가지 이질적인 흐름이 격류 속을 역류하며 헤엄쳐 올라
왔다.

그 흐름은 어떤 격한 흐름에도 영향을 받지 않을 만큼 큰
거망(巨蟒)과도 같았다.

거망은 몸이 투명한 색에 가까운 하얀 백사였다.

단전 깊은 곳에 똬리를 틀고 앉아 사부 한조산의 현천심공
으로도 녹일 수 없었던 그 기운이 거망의 움직임으로 혈맥 속
을 헤엄치고 있었다.

쏴아아—

백색의 거망이 한 번 헤엄칠 때마다 미친 듯이 물결치던 격
류가 잔잔하게 잦아들었다. 그리고 백색 거망이 헤엄치고 간
자리에는 황하의 황토물처럼 혼탁하던 물결이 심산의 폭포수
같이 맑고 푸른색으로 바뀌었다.

백색 거망은 유한성의 혈맥을 넘어 하수린의 혈맥으로도
거침없이 헤엄쳐 들어갔다.

터질 듯 불거졌던 유한성의 혈관들이 서서히 원래의 모습
으로 자리를 잡아갔다. 동시에 금방 시들어 버릴 것 같던 하

수린의 얼굴도 새로 꽃이 피어나듯 환하게 피어났다.

우우웅—

격류가 잔잔해지며 유한성은 자신도 모르게 현천심공의 구결 속으로 빠져들었다.

천호연은 더 이상 경호성도 지르지 못한 채 두 사람을 쳐다만 보고 있었다.

새생명
第六十九章

모든 격류가 멈춰진 후 유한성은 천천히 눈을 떴다.

잠시 유한성은 주변을 둘러보았다.

주변에는 천호연 이외에도 많은 사람이 둘러서 있었다.

"괜찮은가?"

천호연이 망연한 표정으로 유한성에게 물었다.

유한성은 고개를 끄덕였다.

"수린이는?"

유한성은 하수린을 찾았다.

대법을 시행했을 때는 분명 하수린의 단전에 손을 대고 있었는데 지금은 양손을 모은 채 가부좌를 틀고 있었다.

또한 욕조에 누워 있던 하수린은 보이지 않았다. 더 나아가 욕조 자체가 어디론가 치워져 버렸다.

"처소에서 요양 중이네."

천호연이 담담한 목소리로 답했다.

"처소?"

내내 같이 있었는데 처소에 있다는 말은 이해가 되지 않았다.

하지만 그보다 그녀의 상태가 더 궁금했다.

"괜찮습니까?"

유한성이 물었다.

"자네가 더 잘 알 것 아닌가."

천호연이 약간 퉁명스럽게 말했다.

"전 의원이 아닙니다."

유한성이 대꾸했다.

"이젠 걱정하지 않아도 될 것이네. 절맥은 깨끗이 치료가 되었네. 하하하하!"

천호연이 활짝 웃으며 답했다.

대법의 후반부에는 통제를 벗어나 자신으로서는 속수무책이 되었지만 하수린의 절맥이 깨끗이 치유되었으니 더 이상 기쁠 수가 없었다.

"한성아! 으흐흐흑!"

임소령이 무너지듯 유한성에게로 다가와 얼싸안았다.

"고맙구나. 정말 고맙구나."

하유걸도 유한성의 두 손을 굳게 잡았다.

"이 자식! 넌 대체 어떻게 된 녀석이냐?"

하정욱이 와락 달려와 유한성의 어깨를 흔들다가 임소령과 함께 얼싸안았다.

하정탁과 하정현도 뜨거운 눈물을 흘리며 말없이 유한성의 등을 두드렸다.

"괜찮나?"

하유걸 가족들과 재회(?)가 끝난 후 유병학이 조심스런 표정과 함께 유한성에게로 다가와 물었다.

"괜찮습니다."

유한성이 짤막하게 답했다.

"그런데 언제 왔습니까?"

유한성이 주변을 한 번 더 돌아보며 물었다.

대법을 시행할 때는 없었던 사람들이 모두 와 있었다.

하유걸 부부와 그 아들들, 유병학과 사진용 남매, 그리고 이곳 가내무사인 듯한 사내들도 다섯이나 와서 문 앞에서 호위를 서고 있었다.

"이틀째 계속 왔다네."

유병학이 빙긋 웃으며 답했다.

"이틀?"

유한성은 잠시 혼란스런 표정을 했다.

그동안 일각이나, 길어도 이각 정도 지난 것 같았다.

그런데 이틀이라니?

"그래! 이틀 동안 석상처럼 가부좌를 틀고 앉아 있었네."

유병학이 눈을 반짝이며 답했다.

이틀 동안 유한성은 삼매에 빠져 있었고 그 성취가 엄청날 것이란 것을 짐작했기 때문이다.

그는 아직 그런 경험은 가지지 못했지만 유한성이 큰 기연을 얻었다는 것은 충분히 짐작할 수 있었다.

유병학의 말에 유한성은 천천히 진기를 끌어올리다가 놀라는 심정이 되었다.

우선 단전에 만년한철로 된 구슬처럼 엉켜 있던 기운이 느껴지지 않았다.

그동안 그 어떤 노력으로도 꿈쩍도 않던 기운이 흔적도 없이 사라져 버렸다.

계속해서 유한성은 진기를 일주천시켰다.

우우웅—

예전과는 비교도 할 수 없는 굵기의 기운이 혈맥 속을 휘돌았다.

최소한 두 배는 더 내공이 증진된 것 같았다.

유한성은 길게 숨을 토해냈다. 그리고는 혼란스런 눈으로 천호연을 쳐다보았다.

"수린이 병을 고치기 위해 내가 십 년도 넘게 수집한 영약들을 한순간에 자네가 다 빨아들여 버렸네. 무슨 그런 날강도 같은 경우가 다 있는가?"

유한성의 내심을 짐작한 천호연이 빙글거리며 말했다.

유한성은 자신의 몸에 일어난 일을 대충이나마 짐작할 것 같았다.

하수린의 몸에서 소용돌이치던 탁기를 모두 자신의 몸으로 빨아들여 진정시키려 했다. 그렇게 하면 죽을 수도 있었지만 멈추지 않았다.

그때 하수린의 몸에 주입된 영약의 기운들도 모두 자신에게로 흘러 들어와 단전에 있던 기운도 녹이고 상승작용을 하여 엄청난 내력증진을 시킨 모양이었다.

"아마도 일 갑자는 될 걸세."

천호연이 더욱 진한 미소를 지었다.

'일 갑자?'

유한성은 머릿속이 복잡해졌다.

육십 년을 매진해야 얻을 수 있는 공력을 이틀 사이에 얻었다.

출관할 때도 단전에 또아리를 튼 기운으로 인해 일 갑자 가까운 공력을 축적했는데 다시 일 갑자를 얻었으니 이젠 이 갑자의 공력을 단전에 쌓게 되었다.

이게 복일지 화일지 구별이 되지 않았다.

이제껏 단 한 가지도 쉽게 얻은 적이 없었고, 공짜로 얻은 적이 없었다. 그래서 갑작스런 공력증진은 오히려 부담이 되었다.

"축하하네."

하정욱이 환하게 웃으며 말했다.

"정말… 축하한다!"

유병학은 벌겋게 상기된 얼굴로 유한성을 쳐다보았다.

지금까지도 유한성은 절정고수였다.

그런데 일 갑자라는 공력까지 더 증대되었다.

이제 정주유검가는 중원에서 다섯 손가락 안에 드는 세가로, 더 나아가 중원제일의 검문으로 거듭날 날이 멀지 않은 것 같았다.

"그런 고생을 하고도 겨우 그 정도밖에 얻지 못하다니… 내가 너무 미안하네."

하정탁은 오히려 입맛을 다시며 아쉬워했다.

"맞아. 너무 약소하네. 내 평생 보답하도록 하지."

하정현도 고개를 주억거리며 웃었다.

"수린이에게 가보겠습니다."

흥분으로 가득 찬 실내 분위기와는 달리 담담한 표정을 한 유한성은 천천히 일어섰다. 그리고는 문 쪽으로 걸음을 옮겼다.

"쯧쯧! 멋대가리 없는 놈 하고는……. 어떤 여자가 같이 살지 몰라도 고생문이 훤하다, 훤해."

　너무도 무감동하게 석실을 빠져나가는 유한성의 뒤통수를 향해 하정욱이 고함을 질렀다.

"잘 잤어?"
하수린은 방을 들어서는 유한성을 보고 미소를 지었다.
단 이틀 사이에 그녀는 딴사람이 된 것 같았다.
백짓장 같은 얼굴은 발그레하게 혈색이 돌아와 건강미까지 흘렀다. 또한 바람만 세차게 불어도 날려갈 것 같던 몸은 탈태환골이라도 했는지 몰라보게 살이 붙어 있었다.
"너 맞아?"
유한성이 멍하니 하수린을 쳐다보다가 물었다.
"푸흡!"
하수린이 실소를 터뜨렸다.
"정말 멋대가리 없는 건 알아줘야 해. '괜찮아?'라든지, '고생했어!'라고 하면 안 돼?"
"괜찮지?"
뒤늦게 유한성이 물었다.
"말을 말아야지."
하수린이 어이없는 미소와 함께 곱게 눈을 흘겼다.
유한성은 천천히 눈을 감았다. 그리고 하수린의 몸속을 관조했다.
그동안 하수린의 몸속 곳곳을 격벽처럼 가로막은 절맥은

단 한 개도 남아 있지 않고 모조리 사라졌다. 또한 격벽 속에 가로막혀 따로따로 휘돌던 숨결도 지극히 정상적인 흐름과 함께 온몸으로 휘돌아가고 있었다.

이제 그녀의 몸 어느 곳에서도 천형의 기운은 느껴지지 않았다.

그녀의 몸은 지극히 정상적인 상태가 되었고 오히려 보통 사람들보다 건강해 보였다.

겉으로 살만 더 오르면 그녀는 건강미 넘치는 미인이 될 것이다.

유한성은 긴 한숨과 함께 눈을 떴다.

그런데 눈을 떠도 신경을 집중하자 하수린의 몸속을 흐르는 기운이 그대로 감지되었다.

마치 예전에 시력을 잃었을 때처럼…….

그건 대법이 성공하며 얻은 또 하나의 성취였다.

"이젠 네가 날 쳐다보는 걸 못 느끼겠어."

하수린이 눈을 깜박거리며 말했다.

예전에는 유한성이 이렇게 자신을 관조할 땐 온몸이 봄바람에 휩싸인 듯 훈훈해졌다. 그리고 어떤 순간보다 편안함을 느꼈다.

하지만 천형을 떨쳐내고 정상적인 몸이 되자 그 느낌도 사라졌다.

아주 짧은 순간 아쉬운 마음이 들었지만 그건 천형의 일부였다. 사라지는 것이 당연했고 기뻐해야 할 일이었다.

"잘됐군!"

유한성이 환하게 웃었다.

모든 면에서 하수린은 정상인이 된 것이다.

"그래도 조금은 아쉽네."

하수린도 미소를 지었다.

그 느낌을 공유하며 유한성과 운명적 공감대를 느꼈는데 이젠 불가능했다.

"산책할까?"

유한성이 보일 듯 말 듯한 미소와 함께 말했다.

"좋아!"

하수린이 활짝 웃으며 유한성의 팔에 매달렸다.

그녀는 어느새 황삼과 함께 유한성을 처음 만났을 때의 모습으로 돌아가고 있었다.

*　　*　　*

오성상단 낙양지부의 별채는 상가답지 않게 잘 꾸며져 있었다.

그곳은 중요한 손님이나 본단에서 내려온 단주 이하 수뇌부를 맞이하는 곳이기에 상가보다는 세가의 아름다운 정원처럼 꾸며 놓았다.

유한성은 하수린과 함께 천천히 별채를 거닐었다.

이곳으로 왔을 때는 혼자서는 걸음도 제대로 옮기지 못한 하수린이었지만 이제는 조금도 부자연스러운 모습을 보이지 않고 유한성 곁을 따라 걸었다.

그녀의 얼굴은 온통 희열에 들떠 있었다.

새로운 생명을 얻은 그녀의 눈에 들어오는 것은 모두 새로웠다.

발아래 밟히는 작은 돌 하나, 뺨을 스쳐 가는 바람 한 줄기, 하늘에 떠 있는 조각구름 한 점…….

그 어느 것도 새롭지 않은 것이 없었다.

말없이 별채를 거닐던 두 사람은 작은 연못 앞에서 멈추었다.

연못 속에는 비단잉어가 헤엄치고 있었다.

하수린은 비단잉어를 쳐다보며 감회에 젖었다.

"생각나?"

잠시 후 하수린이 유한성을 보고 불쑥 물었다.

유한성은 묵묵히 고개를 끄덕였다.

잠시 흠칫하던 하수린은 환하게 웃었다.

이심전심으로 유한성은 하수린의 생각을 읽고 있었다.

"예전에 황삼 아저씨와 셋이서 우리 집 인공연못 속에 헤엄치는 비단잉어를 구경했지. 그때 황삼 아저씨는 비단잉어가 너무 예쁘다고 연신 감탄을 했고……."

"너 때문에 황삼 아저씨가 무안해졌지."

유한성이 흐릿하게 웃었다.

그때 눈은 안 보였지만 같이 보지 못해 안타까워하는 하수린의 모습이 선하게 느껴졌었다.

"언젠가는 같이 비단잉어를 구경할 날이 올 것이라고 굳게 믿었는데……. 정말 꿈만 같아."

하수린이 눈물을 흘렸다.

"황삼 아저씨가 너무 보고 싶어."

눈물을 닦은 하수린이 간절한 음성으로 말했다.

"지금쯤 아들딸 둘은 낳고 잘 살고 계실 거야. 후후!"

유한성이 드물게 소리 내어 웃었다.

"너무 보고 싶어!"

하수린이 다시 간절하게 말했다.

"조만간 볼 수 있을 거야."

유한성의 목소리도 감회에 젖었다.

황삼과 강 노인 부부!

혈육이나 마찬가지인 사람들이다.

그러나 그동안은 그들을 생각할 겨를조차 없었다.

시력을 되찾으면 아무것도 하지 않고 그동안 너무나 당연하게 여겨졌던 것들을 하루 종일 쳐다보고만 있고 싶었다.

황삼의 얼굴도 하루 종일 쳐다보고 싶었고, 강 노인 부부의 모습도 그렇게 쳐다보고 싶었다. 또한 가난하지만 너무 정겹던 마을의 풍경도 하루 종일 망막 속에 가두어놓고 싶었다.

그러나 생사가 오락가락하는 운명의 격류 속에서 기적적으로 시력을 되찾았고, 시력을 되찾자마자 쫓기는 신세가 되었다.

그리고 지금까지 단 하루도 편안하게 쉬는 날 없이 달려왔다.

그 모든 일이 한바탕의 꿈처럼 아련했다.

이젠 시력도 되찾았고 하수린도 살렸다.

강 노인 부부와 황삼, 그리고 황삼과 혼례를 치르고 부부가 된 아주머니!

너무나 보고 싶었다.

정말 그들을 다시 볼 수 있을까 생각하던 때가 방금 전 같은데 어느새 오 년이란 세월이 흘렀다.

그들을 다시 만나면 어떤 기분일까?

그들이 자신을 보면 어떤 표정을 지을까?

심장이 두방망이질을 치며 마음은 바람이 되어 그들에게로 달려갔다.

"당장 그곳으로 가면 안 돼?"

하수린도 같은 심정인지 숨을 가쁘게 쉬며 말했다.

"그곳으로 가고 싶은 심정은 내가 열 배는 더할 거야."

유한성이 길게 한숨을 쉬며 말했다.

우선은 정주에 있는 가문으로 돌아가야 한다.

못 뵌 지 한 달이 넘었으니 연화 대부인, 아니, 중조할머니께서 눈이 빠지게 기다리고 계실 것이다.

백부 유세천의 무공은 또 얼마나 성취를 이루었는지도 궁금했다.

그때는 시간이 없어 검초를 펼치는 도중, 기운이 너무 뭉친 곳에 검을 찔러 넣는 식으로 약점을 지적했다. 그것이 얼마나 큰 도움이 되었는지 알고 싶었다.

"조만간 꼭 데려다줘."

하수린이 황삼이 보고 싶어 못 견디겠다는 눈으로 유한성을 쳐다보았다.

유한성은 고개를 끄덕이며 별채의 다른 곳으로 하수린을 이끌었다.

문득 곳곳에서 조심스럽게 훔쳐보는 수많은 시선이 느껴졌다.

오성상단 지부 식솔들의 눈길들이었다.

그들에게 유한성은 저승사자나 마찬가지였다.

채호영이 상선도 내팽개치고 같이 왔을 때는 손해를 막심하게 입힌 귀찮은 객식구일 뿐이라 생각했다.

하지만 적금상회에서 온 사람들을 단호하게 베어버릴 때는 오금을 펼 수 없을 정도로 공포스러웠다. 그때부터 이곳 사람들은 유한성 일행이 나타나면 슬금슬금 피하며 이런 식으로 훔쳐보기만 했다.

　이젠 막바지에 이른 가을 햇살이 축복인 듯 부드럽게 전신
을 감쌌다.

　하수린에게 그 가을 햇살을 한껏 선물하고 싶은 유한성은
수많은 시선을 무시하며 하수린과 계속 별채를 산책했다.

　별채 건물 한 곳에 가까워지며 또 다른 인기척이 느껴졌다.

　"그림이 너무 아름다워서 다가갈 수가 있어야지."

　건물 기둥에 기대선 채호영이 빙글거리며 두 사람을 쳐다
보았다.

　"정말 아름다우시군요, 하 소저!"

　채호영이 특유의 넉살과 함께 하수린에게도 인사를 건넸
다.

　"고마워요, 채 공자님."

　하수린도 환한 미소와 함께 마주 인사했다.

　잠시 채호영이 멍한 표정을 지으며 말을 잇지 못했다.

　"왜 그러세요?"

　하수린이 의문스런 표정으로 물었다.

　"제가 오늘 중으로 면사를 몇 개 준비하겠습니다. 어디 나
가실 때는 언제나 얼굴에 그걸 쓰고 다니도록 하십시오."

　채호영이 너스레를 떨었다.

　"참고할게요. 고마워요."

　하수린이 다시 미소를 지었다.

　"으윽!"

채호영은 가슴에 사랑의 화살이라도 맞은 시늉을 하며 비틀거렸다.

"푸훗!"

하수린이 결국 실소를 터뜨렸다.

"할 말이 있는 것 같은데?"

두 사람의 넋두리를 잠시 지켜보던 유한성이 채호영에게 물었다.

"방해하고 싶진 않지만……. 쩝! 아버지께서 지금 자네를 좀 보자고 하시네."

채호영이 입맛을 다시며 말했다.

"자네 부친께서?"

유한성은 의구심이 이는 눈으로 채호영을 쳐다보았다.

채호영의 표정에 약간의 긴장감이 어린 것으로 보아 그냥 인사차 부르는 것은 아닌 모양이었다.

채호영을 쳐다보던 유한성은 하수린에게로 고개를 돌렸다.

"미안하네. 쩝!"

채호영이 다시 입맛을 다셨다.

유한성 혼자만 가야 한다는 말이었다.

"난 괜찮아. 오늘만 날인가 뭐."

하수린이 전혀 개의치 말라는 표정과 함께 고개를 끄덕였다.

"가세."

유한성은 하수린을 향해 마주 고개를 끄덕여 준 후 채호영을 따랐다.

"정말 미안합니다, 하 소저. 대신 면사와 함께 노리개도 선물로 추가하겠습니다."

채호영이 하수린을 향해 정중히 고개를 숙였다.

"네. 기대할게요."

하수린도 환한 미소와 함께 고개를 숙였다.

第七十章

오룡회의 일원

“이곳일세.”

채호영이 본채 중안 건물의 방문을 열며 말했다.

유한성은 눈 사이를 찌푸렸다.

실내에는 아무도 없었다. 그래서 채호영이 실없는 장난을 친 것이 아닌가 생각한 것이다.

“후후!”

가볍게 웃은 채호영이 실내 한쪽에 장식된 사자 조각상의 머리를 돌렸다. 그러자 미세한 소음과 함께 벽이 빙글 돌며 새로운 공간이 나타났다.

“어서 들어오게.”

채호영이 즉시 안으로 들어갔고 잠시 망설이던 유한성도 그 뒤를 따랐다.

벽 뒤에는 작은 공간이 있었고 그 공간 끝에 아래쪽으로 내려가는 계단과 함께 비밀통로가 나 있었다.

"데려가서 어디에 가둘 생각인가?"

유한성이 슬쩍 농담을 던졌다.

"가둔다고 가두어질 사람인가?"

대답과 함께 채호영이 계단으로 내려갔다.

이 장쯤 내려가자 긴 통로가 이어졌고, 통로 곳곳에 등롱이 밝혀져 있어 지나다니기에는 아무런 불편함이 없었다. 그러나 최근 통행이 거의 없었던지 매캐한 이끼 냄새가 진동을 했다.

"만약의 경우에 대비한 비밀 공간일세. 이곳은 몇 년 만에 오늘 사용한 때문에 습한 냄새가 많이 나는군. 하지만 조금만 참게. 아버님이 기다리고 있는 곳은 쾌적하다네."

채호영은 후욱 콧김을 내뿜으며 말했다.

채호영을 따라 비밀통로를 반각쯤 걸어가자 벽면 옆으로 철문이 보였다.

채호영이 철문 손잡이를 잡고는 두 번은 세게, 세 번은 약하게 두드렸다. 그러자 끼이잉! 하는 육중한 소리와 함께 철문이 열렸다.

두 사람이 안으로 들어가자 철문은 예의 그 육중한 소음과 함께 자동으로 닫혔다.

철문의 육중한 소리로 미루어 최소 손가락 두 마디 정도의 두께는 될 것 같았다.

"데려왔습니다, 아버님!"

철문 안쪽의 실내에 있는 또 다른 작은 문 앞에서 채호영이 말했다.

"들어오너라."

안에서 오성상단주 채유중의 목소리가 들렸다.

작은 문 안의 공간은 의외로 넓었다.

가로 세로 각각 십 장은 될 것 같았다.

가운데로 커다란 원형 탁자가 놓여 있었고 그 탁자 주변으로 채유중을 포함한 여섯 명의 사람이 앉아 있었다.

한 명은 칠십 정도로 보이는 노인이었고 다른 사람들은 오성상단주 채유중과 비슷한 나이로 보였다.

그리고 그들의 호위인 듯한 청년들이 검을 차고 출입문 근처 벽 옆에 깎아 만든 듯 서 있었다.

숫자는 정확히 열 명이었고 모두 흑의에 죽립을 눌러쓰고 있었다.

그런데 그들의 기도가 범상치 않았다. 호위라면 아마도 은자 수만 냥은 주어야 할 것 같았다.

유한성은 의구심이 어린 눈으로 채호영을 쳐다보았다. 그러나 채호영은 더 이상 자기 할 일은 다했다는 표정과 함께 자신의 부친 옆에 있는 빈자리에 가서 앉았다.

"자네도 이쪽에 앉게."

채유중이 나머지 빈자리를 가리켰다. 그곳은 채유중 맞은 편으로, 세 명의 중년인 옆이었다.

"갑작스럽게 불러서 미안하네. 비밀을 유지하기 위해서 어쩔 수 없는 일이었으니 양해해 주게."

채유중이 편안한 얼굴로 말하며 직접 차를 따라주었다.

유한성은 묵묵히 찻잔을 들어 입으로 가져갔다.

궁금한 심정이야 이루 말할 수 없었지만 그건 시간이 해결해 줄 일이었다.

말없이 차를 한 모금 마신 유한성이 찻잔을 내려놓자 채유중이 입을 열었다.

"지금은 무척 궁금할 테지만 시간이 지나면 자연히 이해가 될 것이네. 우선 여기 계신 분들을 간단히 소개하겠네. 이분들은 나와 같이 하남성에 본단을 둔 상단의 가주들이네."

채유중은 눈으로 다섯 사람을 가리켰다. 그러나 아직은 아닌 듯 개개의 이름은 밝히지 않았다.

다섯 명의 상단주가 가볍게 고개를 끄덕였다.

유한성도 말없이 묵례를 취했다.

"이젠 본론을 말하겠네. 알다시피 우린 상인들이고 상인은 이익을 위해 움직인다네."

묵직한 채유중의 음성에 유한성은 아무런 대꾸 없이 채유중을 쳐다보기만 했다.

지극히 당연한 말이었다.

또한 상단주끼리 이곳에 모여 자신을 부른 이유가 어느 정도 짐작이 가는 말이기도 했다.

그러나 무슨 얘기인지는 더 들어봐야 할 일이었다.

유한성은 채유중을 바라보며 차만 한 모금 더 마셨다.

유한성이 아무 말 없이 채유중의 다음 설명만 기다리자 두 노인의 눈이 이채를 발했다.

"세상에서 정보가 가장 빠른 곳이 어딘지 아는가?"

채유중이 불쑥 질문을 던졌다.

"강호에서는 개방이나 하오문이라고들 하지. 하지만 그건 강호무림에 국한된 얘기고… 세상을 통틀어 논한다면 상가의 정보망이 제일 빠르고 광범위하다네."

채유중의 음성에 자부심이 깃들었다.

유한성은 그의 말에 전적으로 수긍했다.

돈이 어디로 흘러가는지에 대한 정보가 어두우면 상인은 망하고 만다. 그러니 상인의 정보 수집 노력은 누구보다 필사적이고 정보를 위해서는 수만금도 마다하지 않는다.

그런 사람들에게 고급 정보가 흘러드는 건 당연한 일이다.

"우리는 그 정보에 의거하여 돈이 흘러가는 곳을 미리 예측하고 한발 앞서 돈을 낚아챌 그물을 친다네. 하지만 언제인가부터는 우리의 그런 노력이 아무 소용 없는 헛수고가 되어

버리는 일이 자주 발생했네. 그리고 최근에는 아예 그물들이 모두 찢겨 나가고 있다네."

채유중의 목소리에 은은한 분기가 어렸다.

"그건 돈의 흐름을 극단적으로 왜곡하는 세력들에 의해서지. 우리는 그 세력들에 대해 은밀하게 조사를 해보았다네. 하지만 그들은 아주 교활해서 어느 정도 캐고 올라가면 안개처럼 흐릿하게 실체가 흩어져 버렸다네. 그건 아주 위험한 놈들이란 말이기도 하지. 또한 놈들은 상계뿐만 아니라 강호무림에도 마수를 드리우고 있다는 정황이 강하네."

채유중은 '같은 강호인이니 자네도 잘 알 것이네' 하는 표정으로 유한성을 쳐다보았다.

유한성은 그놈들에 대해 익히 짐작함은 물론 가문과, 그리고 진성무관에서 직접 겪어보기도 했지만 아무런 내색을 않고 채유중을 다음 말을 기다렸다.

채유중은 유한성이 이렇다 할 내색도 없이 자신의 말을 듣기만 하자 약간은 김이 새는 표정이었지만 다시 말을 이었다.

"강호나 중원상계 전체의 일에 우리가 나설 입장은 아니네. 하지만 하남에서 일어나는 일만큼은 우리도 적극적으로 개입해야 한다는 생각을 모았다네. 다행스럽게도 그 왜곡된 물길을 바로잡기 위한 또 다른 흐름이 일고 있다는 것을 알았네. 그건 바로 자네 가문인 정주유검가가 주도하고 있지. 그리고 그 흐름의 중심에는 자네가 있더군. 정호회 타격대주로서 말일세."

채유중은 강렬한 시선으로 유한성을 쳐다보았다.

유한성은 여전히 담담한 표정으로 채유중의 시선을 받았
다.

그리 길지 않은 시간에 채유중은 상계의 정보망을 이용하
여 자신에 대해 많은 것을 알아냈다는 생각이 들었다. 또한
그가 왜 이런 자리를 만들었는지에 대해서도 대충 짐작이 갔
다.

"한 가지 짚고 넘어가야 할 것이 있습니다."

처음으로 유한성이 입을 열었다.

"말해보게."

채유중이 고개를 끄덕였다.

"전 정호회 타격대 대주가 아닙니다."

정호회 타격대에 지원한 청년들로서는 절정고수인 유한성
이 타격대주가 되길 바라마지 않는 심정이었고 그렇게 되리
라 확신하고 있었지만 유한성으로서는 그런 결정을 내린 적
이 없었다.

"하지만 그렇게 될 일이 아닌가?"

채유중은 확신 어린 목소리로 말했다.

"전 그런 능력도 생각도 없습니다."

유한성이 잘라 말했다.

정주에 있을 때는 사진용 남매의 일 때문에 장현방을 쓸어

버리며 정호회 타격대와 관련되었다. 또한 이곳에서 하수린
을 구해내는 과정에서도 정호회 타격대 청년 몇 명의 지원을
받았지만 그건 극히 개인적인 일이었고 그들이 억지로 따라
붙은 상황이었다.

하지만 타격대주를 맡을 생각은 없었다. 또 가주 유세천과
그에 대해 얘기를 나눈 적도 없었다.

"그렇게 생각하나?"

내내 침묵을 지키고 있던 노인이 깊은 눈으로 유한성을 쳐
다보았다.

상인의 날카로움과 세월의 연륜이 묻어나는 눈이었다.

"나이를 먹고 늙어간다는 것은 여러 면에서 서글픈 일이
지. 하지만 좋은 점도 있다네. 그 나이만큼 통찰력이 생기고
하늘의 뜻도 조금 더 읽을 수 있게 된다는 것이지. 하늘이 어
떤 사람에게 많은 시련과 함께 큰 능력을 준 것은 그만한 일
을 맡기기 위함일세. 자네에겐 정호회 타격대 자리는 어쩌면
턱없이 부족하지."

노인도 유한성에 대해 조사를 해보았는지 확신 어린 음성
으로 말했다.

"하지만 더 큰 일은 나중에 생각하고 우선은 정호회 타격
대주직을 맡게."

노인이 다시 말했다.

유한성은 약간 어이없는 생각이 들었다.

정호회 회주인 백부 유세천에게서도 받지 못한 권유를 생판 모를 노인에게서 받고 있었다.

"그건 우리 가문의 가주님께서 결정하실 일입니다. 전 그 일에 대해서 한마디도 나눈 적 없습니다."

유한성은 잘라 말했다.

"그럼 자네 가주께서 지시를 내리면 수락하겠는가?"

노인이 더욱 깊은 눈으로 물었다.

"글쎄요… 그땐 생각을 해볼 문제겠지만 이 자리에서 논의할 문제는 아니라고 봅니다."

유한성은 여전히 단호한 어조로 말했다.

"모시게."

유한성을 잠시 쳐다보던 노인은 문 쪽에 서 있는 청년들을 향해서 말했다.

청년 하나가 문을 열었다.

유한성은 눈을 크게 떴다.

백부 유세천이 안으로 들어오고 있었다.

"오랜만입니다, 노야!"

유세천은 유한성보다 노인에게 먼저 인사를 건넸다.

"어서 오시오, 유 가주. 말씀대로 오랜만이외다. 허허!"

노인이 너털웃음과 함께 유세천의 손을 잡았다.

유세천 역시 환하게 웃으며 노인을 대하는 것으로 보아 두 사람의 친분이 결코 얕지 않은 것 같았다.

“넌 여전히 바쁜 모양이구나.”

유세천이 비로소 유한성을 보고 말했다.

“어쩐… 일이신지?”

자리에서 일어선 유한성은 고개를 숙인 후 의외의 표정으로 유세천을 쳐다보았다.

한참 검술 연마에 빠져 있을 것이라 생각했던 백부 유세천의 등장은 정말 뜻밖이었다.

“지금부터 말해주마. 앉아라.”

유세천이 유한성의 어깨를 두드린 후 자리에 앉았다.

“예상대로 유 가주의 조카는 고집이 세구려. 유 가주의 젊은 시절을 보는 것 같소. 허허허!”

노인이 호쾌하게 웃었다.

“가문의 내력이지요. 때문에 피해도 많이 본답니다. 하하하!”

유세천도 밝게 웃으며 대꾸했다.

“자, 이제 정주유검가 가주도 참석했으니 본격적으로 논의를 해보도록 하지요. 우리는 왜곡되게 흐르는 상계의 물살을 바로잡기 위해 어떤 투자도 아끼지 않을 생각이오. 그리고 그 대상은 정주유검가와 정호회 타격대이오.”

노인이 유세천을 향해 말했다.

유세천은 이미 언질을 받았는지 묵묵히 고개를 끄덕였다.

“투자금은 금 십만 냥이오.”

노인의 폭탄 같은 선언에 죽립을 쓴 청년들이 움찔 놀랐다.

유세천도 그건 뜻밖인지 눈을 크게 떴다.

은자 십만 냥이라도 보통 사람들은 상상조차 불가능한 큰 돈이다.

그런데 금 십만 냥이라면?

아예 세상 밖의 일일 것이다.

"그 돈이면 아직은 햇병아리에 불과한 정호회 타격대의 전력을 열 배는 더 강화할 수 있다고 생각하오."

노인이 강한 어조로 말했다.

"가능합니다."

냉정을 되찾은 유세천이 고개를 끄덕였다.

"대신 조건이 있소."

"말씀하십시오."

"타격대주는 저 청년이 맡는다는 것이오."

노인이 턱짓으로 유한성을 가리켰다.

"흠!"

유세천이 잠시 호흡을 골랐다. 이럴 때는 노회한 상인과 흡사했다.

"어떠냐, 네 생각은?"

유세천이 유한성을 보며 물었다.

유한성은 대답을 미루고 잠시 생각에 잠겼다.

이곳에서 이런 상황을 맞이할 줄 몰랐다.

하수린과 며칠 더 쉬고 난 후 정주로 돌아가 증조할머니를 뵙고 다음 일을 계획할 생각이었다.

하수린의 간청대로 어릴 적 어머니와 함께 살았던 마을로 돌아가 강 노인 부부와 황삼을 만나고 싶은 마음도 간절했고, 아무것도 하지 않고 몇 달 빈둥거릴 생각도 해보았다.

하지만 운명은 단 하루의 휴식도 허락하지 않고 있었다.

"네가 타격대주직을 맡지 않으면 그들은 얼마 지나지 않아 반은 죽어 나가게 될 것이다."

유한성이 여전히 대답을 하지 않자 유세천이 약간 격앙된 음성으로 말했다.

"정체는 모르겠지만 놈들의 움직임이 심상치 않다. 네가 쓸어버렸던 장현방에 며칠 전 갑자기 어떤 놈들이 들어차 목책을 두 배나 높이 쌓았다. 정확히는 모르겠지만 그 인원도 몇 백이 넘는 것 같다."

이어진 유세천의 말에 유한성은 눈 사이를 좁혔다.

허창의 장현방은 완전히 무너졌는데 뜻밖에도 그곳에 다른 놈들이 들어찼다는 말이다.

그런 빠른 움직임으로 보아 놈들은 장현방과 같은 산적 나부랭이들이 아니다. 아마도 놈들은 유검가를 습격했던 복면인들과 연관이 있을 것 같았다.

"또한 정주 인근에 있는 흑도의 움직임도 심상치 않다. 조만간 놈들은 무슨 일을 벌일 것이다."

유세천이 덧붙였다.

유한성은 여전히 대답을 미룬 채 생각에 잠겼다.

하수린을 구하고 절맥을 치료했으니 하수린 가족과 함께 사부를 모시고 어디론가 떠나면 행복하게 살 수 있을 것이다.

정주유검가는 여전히 자신의 가문이라기보다는 어머니가 사랑한 사내의 가문이란 느낌이 더 강했다.

'어머니⋯⋯.'

유한성은 속으로 어머니의 모습을 떠올렸다.

그녀는 지금 어떤 마음일까?

이럴 때 아들이 어떻게 행동했으면 할까?

대법이 끝나서인지 어머니의 모습이 점점 흐릿해져 갔다.

유한성은 가슴이 아려오는 것을 느꼈다.

하나밖에 없는 아들이 어떻게 이럴 수 있는 것일까?

하늘이 무너져도 잊어서는 안 될 어머니의 얼굴이 어떻게 이렇게 흐릿해질 수가 있는 것일까?

그러나 아무리 기억을 쥐어짜도 어머니의 얼굴은 세월의 간격만큼 멀어져 갔다.

'후우―'

유한성은 속으로 길게 한숨을 쉬었다.

어머니가 죽도록 사랑했던 사내 유세연!

어머니에 대한 그리움이 사무치며 유세연이란 사내, 아니, 아버지에 대한 그리움도 같이 일었다.

어머니께서 목숨처럼 사랑했던 그 사내에 대해 조금은 더 그리워하는 것이 자신에게 모든 것은 바친 어머니에 대한 도리일 것 같았다.

"맡도록 하지요."

유한성은 천천히 고개를 끄덕였다.

"여기 전표가 있소. 일만 냥짜리 열 장이오. 중원전장의 전표이니 중원 어느 곳에서라도 즉시 현금으로 바꿀 수 있을 것이오."

유한성의 대답과 동시에 노인은 봉서 하나를 유세천에게 건넸다.

"고맙습니다, 노야! 요긴하게 쓰도록 하겠습니다."

유세천이 고개를 숙였다.

그동안 정호회 타격대에 들어갈 막대한 자금 때문에 걱정이 태산 같았다.

이 자금이면 최소 오 년 동안은 정호회 타격대의 무장과 인원 보충, 각종 훈련, 숙소 등 모든 것에 대한 걱정은 일절 하지 않아도 될 것이다.

"우리는 우리의 이익을 놓지 않기 위해 하는 일일 뿐. 유 가주가 고마울 것이 뭐가 있겠소."

노인이 밝은 표정으로 고개를 저었다.

"고맙구나."

유세천이 유한성에게 말했다.

유한성은 유세천의 말을 듣지도 못한 채 어머니의 모습을 떠올리고 있었다.

시간이 갈수록 점점 더 아련해지는 얼굴이었다.

얼핏 그 얼굴이 웃는 것도 같았다.

"마음이 무거운가?"

채호영이 유한성의 어깨를 두드리며 말했다.

비로소 유한성은 상념에서 깨어났다.

"괜찮네. 좀 갑작스러웠을 뿐이네."

유한성이 담담하게 대꾸했다.

"짐작이 가네. 하지만 하늘이 자네에게 그런 능력을 내린 데는 이유가 있을 것이라는 이 노야의 말씀은 전적으로 수긍이 가는 바이네."

채호영이 평소와는 다르게 진중한 표정으로 말했다.

그도 지금 이 순간이 상단의 미래를 위해 얼마나 중요한 자리인지 충분히 인식하고 있었기 때문이다.

"이제 협상이 이루어졌으니 다른 분들도 소개를 하겠네."

채유중이 노인 쪽으로 고개를 돌리며 말을 이었다.

"이분은 천화상단(千貨商團)의 단주님이신 이곽봉(李郭峰), 이 노야시네."

유한성은 이곽봉에게 정식으로 고개를 숙여 인사를 했다.

단순한 상인을 넘어선, 범상치 않은 기운이 느껴지는 노인이었다. 기도를 숨기고 있었지만 무공에 있어서도 절정을 바라보는 고수였다.

채유중은 계속해서 다른 사람도 소개했다.

그들은 각각 진흥상단(進興商團)의 단주 조일평(曹日枰), 무진상단(無盡商團)의 단주 정상채(鄭尙彩), 사해상단(四海商團)의 단주 장서곤(張瑞昆), 양가상단(梁家商團)의 단주 양손옥(梁巽玉)이었다.

그들은 이곽봉과는 달리 전형적인 상인의 기운을 풍기고 있었다.

유한성은 그들에게도 정중하게 인사를 하면 얼굴을 기억했다.

"자네에게 거는 기대가 크네. 그리고 자네라면 절대로 실망시키지 않을 것이라는 확신을 가지고 있네."

이곽봉이 손자를 쳐다보듯 인자한 표정과 함께 유한성에게 말했다.

"허허! 이 노야의 사람 보는 눈은 이제껏 틀린 적이 없었지요."

사해상단의 단주 장서곤이 편안한 웃음과 함께 맞장구를 쳤다.

"딱 한 번 있었지요."

이곽봉의 얼굴에 탄식의 기운이 어렸다.

"그게 무슨……?"

채유중을 비롯한 다른 상단주들의 눈이 커졌다.

"딱 한 번… 사람은 더없이 좋았지만 명이 짧았소. 그래서 세상이 이 모양이 되어가고 있는 것이 아니겠소?"

이곽봉의 말에 다른 사람들의 표정이 어두워졌다.

모두 이곽봉의 말뜻이 무엇인지 아는 것 같았다.

"그 사람은 너무 공명정대하기만 했지 독하지는 못했지요."

양가상단의 단주 양손옥이 안타까운 음성으로 말했다.

"노야와 함께 오룡회만 건재했……."

"양 단주!"

이곽봉이 엄한 음성으로 양손옥의 말을 막았다.

"죄, 죄송합니다, 노야."

양손옥이 급히 고개를 숙였다. 그리고는 유세천과 유한성을 쳐다보았다.

"저도 이미 짐작하고 있던 일입니다."

유세천이 미소와 함께 고개를 끄덕였다.

'오룡회…….'

유한성은 아무런 내색을 않고 깊은 생각에 잠긴 모습을 하고 있었지만 내심 놀랐다.

은하표국을 침입한 동창의 무리들이 사부 한조산을 오룡회의 일원으로 착각했다. 그때 사부는 놈들에게 혼선을 주기 위해 오룡회의 일원인 듯 행동했다.

총명하고 광명정대했던 젊은 전 황제는 온 황궁을 뒤덮은

탐관오리들 속에서 파사현정을 이루기 위해 오룡회를 조직하고 그들의 도움을 받으려 했다. 그러나 사례태감 요공공을 비롯한 탐관오리들의 역공을 당해내지 못하고 결국은 제거되었다. 그 후 탐욕스럽고 멍청한 현 황제가 등극하며 세상은 극도의 혼란으로 빠져들고 있었다.

젊고 총명한 황제가 조직했던 오룡회!

천화상단의 단주 이곽봉이 오룡회의 다섯 용 중 한 명이었던 모양이다. 또한 이곽봉이 말한, 공명정대하긴 했지만 독하지 못했다는 사내는 젊은 황제를 일컬음이리라.

'묘한 인연이군.'

유한성은 속으로 읊조렸다.

사부 한조산은 오룡회의 일원이 아니었지만 오룡회로 인하여 놈들에게 혼선을 주며 간접적으로나마 도움을 받았다.

그런 오룡회의 한 사람과 이곳에서 인연을 맺은 것이다. 또한 백부 유세천도 오룡회를 알고 있는 듯하니 음으로 양으로 지원을 하였을 것이다.

이곽봉의 범상치 않은 기운이 어디서 기인된 것인지 이젠 짐작이 갔다.

황제가 신임하고 도움을 청한 다섯 인물 중 한 명!

그 정도라면 이런 비범함이 과하지 않을 것이다.

"이곳에서는 상관없겠지만 버릇이 되면 다른 곳에서도 실수를 할 수 있는 것이오."

이곽봉이 여전히 엄한 표정과 함께 말했다.

"조심하겠습니다."

양손옥이 재차 고개를 숙였다.

"그리고 우리가 투자할 것이 한 가지가 더 있소."

분위기를 바꾸려는 듯 채유중이 얼른 나서며 말했다.

다른 투자라는 말에 유세천과 유한성은 의구심 어린 눈으로 채유중을 쳐다보았다.

"바로 저 아이들이오."

채유중은 죽립을 쓴 채 벽 옆에 서 있는 사내들을 가리켰다.

"저들은 언젠가 이런 날을 위해 우리 상단에서 특별히 키운 청년들이오. 단순한 호위가 아닌, 우리의 호신갑 역할을 할 청년들이었지요. 저들을 일 년 동안만 정호회 타격대에 투입하겠소. 저들은 실전경험을 쌓아서 좋을 것이고 타격대는 일급고수 열 명을 보충하니 서로 좋을 것 같소. 물론, 표시나지 않게 여러 가문에서 지원한 것으로 스며들게 만들겠소."

채유중이 단호하게 말했다.

"우리로서는 더 바랄 것이 없지요."

유세천이 고개를 끄덕였다.

"들었느냐?"

채유중이 청년들을 향해 말했다. 그러나 청년들은 이런 상황을 이해할 수 없다는 듯 아무런 대답을 하지 않았다. 오히려 강한 거부감이 전신으로 퍼져 나왔다.

"하하!"

채유중이 가볍게 웃었다.

사실 이 결정은 채유중이 다른 단주들을 설득해서 이루어진 것이다.

유한성의 고강한 무공을 직접 견식한 그로서는 이들을 유한성 밑에서 단련시키고 싶었던 것이다.

"앞으로 일 년 동안 자네 수하들로 큰 역할을 해야 할 청년들인데… 자네에게 믿음이 안 가는 모양일세."

채유중이 은근한 표정으로 유한성을 쳐다보았다.

이곽봉을 비롯한 다른 상단주들도 호기심 가득한 눈빛을 보냈다.

그들은 채유중으로부터 유한성에 대한 평가를 누누이 들었지만 직접 보고 싶은 생각이 큰 것이다.

유한성은 고개를 끄덕였다.

결정된 이상 흔들리거나 우유부단한 것은 성격상 맞지 않았다.

취할 것은 과감히 취하고 버릴 것은 단칼에 잘라내는 것이 좋다.

챙―

유한성은 옆에 준비된 검을 빼 들었다.

적운검만큼은 아니었지만 제법 값이 나갈 것 같은 명검이었다.

유한성은 그들의 한가운데서 검을 늘어뜨리고 섰다.

한꺼번에 모두를 상대하겠다는 자세였다.

유한성이 일말의 망설임도 없이 검을 뽑아 들고 자신들을 향해 서자 열 개의 죽립에서 섬광이 터졌다.

상단주들의 엄청난 투자와 극한의 수련을 통해 일류를 넘어선 고수라 자부할 수 있는 자신들이었다. 그런데 열 명을 한꺼번에 상대하겠다니?

가소로워서 웃음이 터질 지경이었다.

그러나 청년들은 곧 냉정하게 가라앉았다.

무인은 무공으로 말할 뿐, 쓸데없는 감정의 낭비는 필요 없는 법이다.

쨍!

청년 하나가 검을 뽑았다. 그리고는 일체의 준비동작 없이 유한성을 향해 쇄도해 들었다.

단번에 유한성을 꺾어 귀찮은 일을 뿌리칠 생각이었다.

휘이익—

청년의 검이 곧장 유한성의 심장을 노리고 들었다.

정종무공을 익힌 사람들의 검보다 오필만이나 사진용의 검을 더 닮아 있었다.

한 자루 검으로 자신을 성찰하고 궁극의 도에 이르는 수련이 아닌, 상단주들의 필요에 의한 실전적인 검을 익혔기 때문이었다.

쉬익―

유한성이 청년의 검을 막아갔다.

그 순간 청년의 검이 이상한 각도로 꺾이며 유한성의 겨드랑이를 파고들었다.

그 수법 역시 지극히 변칙적이면서도 실전적인 초식이었다.

따앙―

검명과 함께 청년의 눈이 두 배로 커졌다.

도저히 막을 수 없는 회심의 검초라 생각했다. 그런데 어느 순간 검은 철벽에 막힌 듯 튕겨나며 그 충격파가 팔을 통해 온 혈맥을 뒤흔들었다.

쉬이익―

이번에는 유한성의 검이 청년의 상체 대혈을 향해 날아들었다.

청년이 필사적으로 검을 쳐올렸다.

쨍―

다시 검이 마주치며 더 큰 충격파가 청년의 팔로 전해졌다.

쨍강!

청년은 자신도 모르게 검을 떨어뜨렸다.

청년이 망연한 눈으로 유한성을 쳐다보았다.

유한성도 약간 의외의 표정으로 청년이 떨어뜨린 검을 쳐다보았다.

청년이 풍기는 기도에 비해 너무 쉽게 검을 떨어뜨린 것이다.

잠시 후 유한성은 그 이유가 청년에게 있는 것이 아니라 자신에게서 기인한다는 것을 깨달았다.

하수린의 절맥을 치유하기 위한 대법을 펼치며 증가된 일 갑자 가까운 공력, 그리고 이틀간 빠져들었던 삼매!

그 엄청난 기연을 실질적으로 확인한 순간이었다.

천호연으로부터 얘기는 들었고 잠시 운기도 해보았지만 하수린의 상태가 더 궁금하여 깊이 새기지도 않고 하수린에게로 달려갔다가 이제야 실감을 한 것이다.

'멋지군!'

유한성은 속으로 미소를 지었다.

이미 얻은 일 갑자도 엄청난 기연이었는데 또 일 갑자의 공력 증대!

아직도 믿어지지가 않았다.

그런 것은 이야기책 속에서나 가능하고 꿈속에서나 벌어지는 일인 줄 알았다.

유한성은 빠르게 운기를 해보았다.

해일이 이는 듯 전신혈맥에서 진기가 용솟음쳤다.

아랫배에 신경을 집중했다.

삼매에서 깨어났을 때와 마찬가지로 만년한철 덩어리처럼

굳게 뭉쳐 있던 기운은 느껴지지 않았다. 그 기운은 위기의 순간 자신과 하수린을 구하고 혈맥으로 녹아들어 해일을 주도하고, 이젠 혈맥 속에 고스란히 녹아 있었다.

유한성은 검을 들지 않은 왼손을 들어 올렸다.

우우웅—

혈맥 속에서 일어난 해일이 왼손을 향해 급격히 흘렀다.

유한성은 청년이 떨어뜨린 검을 향해 왼손을 뻗었다.

우웅—

진동음과 함께 청년의 검이 손바닥 안으로 빨려 들어왔다.

"헛!"

가공할 격공섭물(隔空攝物)의 수법에 청년 중 누군가 경호성을 질렀다.

실전검에는 고수들이었지만 저런 정도의 내력은 아직 꿈도 꾸지 못할 수준이었다.

"허어—"

이곽봉도 놀란 표정으로 탄성을 토했다.

이건 오성상단주 채유중이 입에 침을 튀기며 설명한 것보다 몇 수는 위가 아닌가?

이곽봉은 채유중을 쳐다보았다.

채유중이 경직된 표정을 얼른 바꾸어 빙긋 미소를 지었다.

이곽봉 등을 설득하기 위해 약간 과장을 했는데 오히려 신중한 사람이 된 것이다.

‘그동안 무공을 숨기고 있었던가? 허어…….’

유한성에게 일어난 기연을 아직 알지 못하는 백부 유세천도 망연한 눈으로 유한성을 쳐다보았다.

휘릭—

유한성은 검을 한 바퀴 돌려 검첨을 잡고 검병 부분을 청년에게 내밀었다.

얼이 빠진 표정의 청년이 자신이 떨어뜨렸던 검을 다시 잡았지만 더 이상 전의를 상실한 채 옆으로 물러섰다.

실전이었다면 그는 이미 죽은 목숨이었다. 그러니 동료들에 합류하여 비무를 할 입장이 아니었다.

“한꺼번에 상대하거라!”

이곽봉이 나머지 아홉 청년을 보고 지시를 내렸다.

자신으로서도 기도를 짐작하기 힘든 유한성이니 남은 아홉이 한꺼번에 상대해도 충분하다는 판단을 한 것이다. 또한 그런 과정에서 유한성의 무공을 최대한 드러나게 하자는 생각이었다.

청년들이 잠시 주저하다가 일제히 검을 뽑았다.

휘이익—

세 명의 청년이 앞쪽에서 먼저 쇄도해 들었다.

합공을 하는 것이 아니었지만 세 자루의 검은 교묘히 방위를 점하며 빈틈없이 날아들었다.

그 뒤로 두 명의 청년이 양쪽 측면을 노리고 들었다.

이곽봉이 한꺼번에 상대하라고 했지만 다섯 명만 달려들고 네 명이 남아 있는 것은 그들의 마지막 자존심이었다.

쌔애애액—

다섯 자루의 검이 한꺼번에 날아들자 그 압력만으로도 피부가 찢어지며 터져 나갈 지경이었다.

불끈 내력을 끌어올린 유한성이 무겁게 검을 그어내렸다.

유한성의 검에서도 한줄기 검풍이 일었다.

츄아악—

흡사 물먹은 무명천이 찢어지는 듯한 소음이 일며 막강하게 덮쳐오던 압력이 봄눈 녹듯 사라져 버렸다.

그 사이로 유한성의 검이 어지럽게 날아들었다.

따다당—

청년들의 검에서 날카로운 검명이 울렸다.

그러나 처음의 청년과 달리 검이 속절없이 뒤로 튕겨나지는 않았다.

이미 유한성의 내력이 얼마나 두터운지를 견식한 그들은 검이 부딪치는 순간 즉시 검을 뒤로 빼며 검초를 바꾸어 유한성의 전신을 난도질해 갔다.

서릿발 같은 예기가 뻗어 나오며 짓쳐드는 다섯 자루의 검은 마치 한여름에 쏟아지는 장대비처럼 빈틈없이 유한성의 전신을 옥죄어갔다.

다섯 자루의 검에 유한성의 몸이 걸레처럼 찢어지려는 찰나 유한성이 한 곳을 향해 검을 찔러 넣었다.

어이없게 느껴지는 수법이었다.

빗살처럼 찔러드는 다섯 자루의 검에 대응하려면 두터운 검막을 펼쳐도 모자랄 텐데 같이 찔러 들어가다니?

그것도 오직 한 점을 향해!

유세천의 얼굴이 핼쑥해졌고 지켜보던 다른 사람들도 두 눈을 부릅떴다. ·

우웅—

한 점을 향해 찔러 들어가던 유한성의 검이 순간적으로 작을 떨림을 일으켰다. 그리고 그 떨림은 순식간에 건장한 나무꾼이 짊어지고 오는 나뭇단처럼 확대되며 그 속에서 수십 자루의 검이 한꺼번에 터져 나왔다.

"어헉!"

비명을 지른 다섯 청년이 급급히 뒤로 물러섰다.

다섯 자루의 검으로 한 자루를 상대하려 했는데 상황은 수십 자루의 검을 다섯 자루로 상대하는 격이 되었다.

그것은 마라십이검의 제십초식 일섬천망(一閃千網)을 응용한 수법이었다.

적을 향한 실전이라면 검기의 다발이 쏟아져 나왔겠지만 지금은 비무이니 검의 다발이 다섯 청년들을 덮쳐간 것이다.

'됐다!'

유한성은 속으로 쾌재를 외쳤다.

사부에게 마라십이검을 배울 때 십초식부터는 이렇게 검기를 완벽히 단속하면서는 제대로 펼치지 못했다.

너무나 무겁고 난해한 마라십이검이기 때문이었다. 그러나 일 갑자의 공력이 증대되고 삼매에 빠진 이틀간의 성찰로 인해 마라십이검의 제십초식을 완벽하게 펼칠 수 있게 된 것이다.

이 상태에서 내공을 더 불어넣어 검기를 쏟아내면 십초식은 두 배로 가공해진다.

그러나 검기를 검신 안으로 갈무리한 채 펼치는 것이 몇 배는 더 어려웠다. 또한 그래야 완벽하게 펼쳤다고 할 수 있다.

"하앗―"

기합성과 함께 뒤에 서 있던 네 청년도 가세하며 유한성을 향해 짓쳐들었다.

따다다당―

유한성은 네 자루의 검을 한꺼번에 걷어내며 신법을 펼쳤다.

희끗 하며 사라지는 실체!

그 실체가 반 장 가까이 옆쪽에서 솟아나며 청년들을 몰아쳐갔다.

채챙!

두 자루의 검이 유한성의 검에 한꺼번에 부딪쳤다. 그러나 튕겨 나가는 것은 그들의 검이었다.

검이 튕겨진 두 청년이 뒤로 빠지며 다른 청년들이 바람처럼 쇄도했다.

이젠 아홉 명으로 늘어난 청년들이 자연스럽게 차륜전 형태로 유한성을 공격하고 있었다.

채채챙!

세 자루의 검을 동시에 쳐 낸 유한성이 검을 풍차처럼 돌렸다.

파아앙―

유한성의 검에 찢긴 대기가 폭음에 가까운 소음을 토했다. 동시에 유한성의 검이 폭풍처럼 사방으로 잠식해 들었다.

마라십이검의 열한 번째 초식인 혼검만천(混劍滿天)이었다.

검기를 싣지 않았기에 마라십이검의 정체는 드러나지 않았다. 그러나 그 살벌한 기세는 고스란히 살아 있었다.

쉬이이익―

혼검만천 역시 검기를 단속하며 완벽하게 펼쳐졌다.

뒤이어 마지막 초식인 천지광망(天地光網)!

츄아아악!

온 석실 안에 검 그림자가 난무했다.

천지광망마저 제대로 펼쳐지며 만 장 절벽처럼 가로막혔던 마라십이검 구성의 성취에 이르렀다.

유한성은 희열에 가득한 표정으로 검을 내렸다.

쨍!

쨍강!

째쨍―

날카로운 금속성이 거의 동시에 울리며 잘려 나간 세 청년의 검이 동시에 바닥으로 떨어졌다.

나머지 여섯 명의 청년은 갑자기 가슴이 서늘해지는 느낌에 그 자리에서 얼어붙었다.

펄럭―

상의의 가슴 부분이 길게 잘려지며 맨살이 훤하게 드러났다.

"이럴 수가……?"

청년 하나가 신음을 토했다.

최선을 다했지만 어찌해 볼 수 없는 너무나 패도적인 검초!

그리고 가공할 내력!

모든 면에서 완벽한 패배였다.

이 상황이 비무였다는 것이 천만다행이었다.

실전이었다면 시신도 제대로 수습하지 못할 정도로 처참하게 도륙되었을 것이다.

"으으…… 우웩!"

다른 청년 하나도 신음을 토하다 급기야 선혈 한 모금을 토했다.

부딪친 검에서 흘러든 충격파가 기혈을 진탕시킨 것이다.

쿵!

선혈을 토한 청년은 결국 그 자리에 주저앉았다.

"자네……."

이곽봉이 경악에 찬 눈으로 유한성을 쳐다보았다.

신성(新星)의 탄생이었다.

아니, 그것으로 부족했다.

태풍의 눈이 이곳에 있는 셈이었다.

'세연아…….'

유세천은 막냇동생 유세연의 이름을 속으로 불렀다.

검을 들고 폭풍처럼 휘몰아칠 때는 막냇동생 유세연이 살아 돌아온 것 같다.

가문을 습격한 복면인들을 상대할 때도 그랬지만 시간이 갈수록 점점 더 그런 느낌이 강해졌다.

"어떻습니까, 노야? 이 정도면 제가 제대로 투자처를 고를 것 같지 않습니까? 하하하!"

채유중이 이곽봉을 향해 의기양양하게 웃었다.

이곽봉이 말없이 헛기침을 한 번 했다.

"제 안목이 틀리지 않았다는 것을 이젠 인정하시겠지요?"

채호영이 부친 채유중을 향해 더욱 의기양양하게 말했다.

활짝 웃고 있던 채유중이 얼른 원래의 표정으로 돌아오며 이곽봉처럼 헛기침을 했다.

"어떠냐? 이젠 믿음이 가느냐?"

채유중이 열 명의 청년 중 제일 나이가 많아 보이는 청년을
향해 물었다.

"송구합니다."

청년이 고개를 숙였다.

"그럼 됐다. 내가 시킨 대로 일 년만 경험을 쌓고 오너라.
그럼 더 강해져 있을 것이다."

채유중이 청년의 어깨를 두드렸다.

"모두 죽립을 벗고 인사들을 나누거라."

채유중이 청년 모두를 향해서 말했다.

청년들이 하나둘 죽립을 벗었다.

모두 스물 초반에서 중반 정도의 나이들이었다.

"정말 놀랐소. 용태진(龍泰珍)이라 하오."

그중 제일 나이 들어 보이는 청년이 먼저 포권을 쥐며 인사
를 했다.

"전학겸(全學謙)입니다."

"천이성(千利盛)이라 하오."

다른 청년 두 명도 소리가 나도록 포권을 쥐며 인사를 했
다.

뒤이어 나머지 청년들도 같은 자세로 인사를 했다.

유한성도 같이 포권을 쥐며 인사를 했다.

"이들은 조만간 정호회 타격대로 스며들 것이네. 그때 다
시 만나 자연스럽게 거두도록 하게. 그럼 나가들 보거라."

　채유중의 지시에 청년들이 죽립을 쓰고 소리없이 밖으로 사라졌다.

　"이젠 자네에게도 축객령을 내려야 할 때가 된 것 같네. 정보에 의하면 정주와 허창의 기운이 범상치 않네. 자네는 오늘 당장 우리 상단 지부를 떠나게."

　채유중이 조금은 긴장된 표정과 함께 축객령을 내렸다.

대업의 목적
第七十一章

낙양제일의 주루인 백화루에 밤이 내렸다.

백화루에 내리는 밤은 흡사 광명인 듯 백화루 곳곳을 화려하게 일깨웠다.

곳곳에 오색 등롱이 걸리고 그 등롱에서 발산되는 휘황찬란한 광채가 백화루를 환상의 궁전으로 변모시켰다.

오 층 건물로 이루어진 백화루에서 그 최상층인 오 층은 최고의 귀빈을 모시는 곳이었다.

그곳에 들려면 하루에 최소한 은자 천 냥은 각오해야 한다.

은자 천 냥이면 한 가족이 평생 호의호식하며 살 수 있다. 그 어마어마한 은자가 백화루 오 층에 들기 위한 최소한의 금액이었다.

지금 오 층에서도 제일 화려한 방에 한 청년이 있었다.

여인처럼 하얀 피부에 뚜렷한 이목구비는 뭇 여인들의 가슴을 온통 휘저어놓을 정도로 준수했다.

나이는 이십대 중반에서 후반 정도로 보였다.

어쩌면 그보다 몇 살 더 들었는데 타고난 귀티가 나이보다 어려 보이게 하는지도 모르겠다.

사내는 지금 그야말로 꽃 속에 푹 파묻혀 있었다.

사내의 주변에는 다섯 명의 여인이 제각각 자리 잡고 있었는데 한 명은 사내의 머리맡에서 사내의 머리에 무릎을 내맡기고 머리카락을 쓰다듬고 있었다.

다른 두 명은 사내의 양옆에서 술잔을 들고 안주를 집은 채 시중을 들고 있었다.

나머지 두 명은 백옥 같은 섬섬옥수로 사내의 양다리를 성심껏 주무르고 있었다.

그러니까 사내는 한 여인의 다리를 베개 삼아 베고, 두 여인에게서는 안마를 받으며 또 다른 두 여인에게서 술과 안주를 받아 마시고 있었다.

얼핏 돈 좀 있는 집 자식이면 그럴 수도 있지 않을까 싶지만 사내 곁에 있는 여인들의 신분을 안다면 그게 얼마나 엄청난 일인지 이해가 될 것이다.

그들 다섯 여인은 백화루의 일화(一花)에서부터 오화(五花)

로, 백화루의 일백 꽃송이 중 가장 아름다운 꽃 다섯 송이였
다.

원래 백화루의 이화는 두진향이었는데 얼마 전 요공공에
게 발탁되어 황궁으로 입성하는 바람에 삼화에서부터 육화가
한 계단씩 승급을 한 것이다.

어쨌든 이들 다섯은 현재 백화루의 가장 아름다운 꽃들이
었다.

현 중원에서 백화루의 오화를 만날 수 있는 사람이 얼마나
될까?

그 질문은 현 중원에서 하루에 은자 일만 냥을 아무 거리낌
없이 쓸 수 있는 사람이 얼마나 될까? 라는 질문과 똑같다.

더 나아가 일화를 만날 수 있는 사람은?

즉, 하루에 은자 오만 냥을 아무 거리낌 없이 쓸 수 있는 사
람은 얼마나 될까?

그런 천문학적인 계산을 깡그리 무시하고 이 사내는 백화
루의 일화에서 오화까지 한꺼번에 불러 시중을 받고 있었다.

"간지러워요, 공자님! 까르르르—"

사내의 머리맡에서 무릎베개를 해주고 있는 여인이 은쟁
반에 옥구슬이 구른 것 같은 목소리로 교소를 터뜨렸다.

사내의 손이 여인의 가슴속을 헤집고 있었기 때문이다.

마치 오랜 정인의 가슴을 더듬는 것처럼 전혀 거리낌 없는
손길이었다. 그리고 여인 역시 형식적으로 상체를 비틀었지

만 조금도 사내의 손길을 거부하지 않았다.

놀랍게도 여인은 명실상부한 백화루의 이화였다.

"호호호! 이화 언니는 좋으면서 괜히 그러서."

옆에서 안주를 든 여인이 은근한 눈으로 이화를 쳐다보며 말했다.

그녀는 백화루의 삼화였다.

"그러게 말이에요. 몸을 비트는 척하면서 오히려 공자님의 손에 가슴을 더 밀착시키잖아요. 깔깔깔!"

다리를 주무르고 있던 오화도 교소를 터뜨렸다.

"그럼 어디 우리 삼화의 가슴은 어떤지 감상해 볼까?"

사내는 이화의 가슴에 넣은 손을 빼내어 주저없이 삼화의 가슴에 찔러 넣었다.

"어머, 공자님!"

삼화가 깜짝 놀란 듯 목소리를 높였지만 사내의 손을 거부하지는 않았다.

중원의 대갑부라도 평생 한 번을 볼 수 있을까 말까 한 백화루의 가장 아름다운 다섯 송이 꽃을 이렇게 한꺼번에 꺾고 있는 사내의 정체는 대체 무엇이란 말인가?

그는 얼마 전 이곳 백화루의 지하에서 몽고의 후예 니추기하와 포달랍궁의 타라초를 만나 그들과 함께 중원을 피바다로 만들 계획을 세우던 사내였다.

그때는 마치 잘 갈아놓은 한 자루 보검같이 한 치의 빈틈도 없이 타라초와 니추기하를 몰아붙였는데 지금은 흡사 딴 사람인 것처럼 너무나 대조적인 모습이었다.

"이제 피로는 거의 풀렸을 테니 일을 좀 해야죠?"

한참 동안 웃고 떠들던 다섯 송이 꽃 중에서 제일 아름다운 꽃, 일화가 들고 있던 술잔을 탁자에 놓으며 차분한 음성으로 말했다.

다섯 송이 꽃 중 제일 아름다운 꽃답게 그녀의 목소리는 마치 천상에서 들려오는 듯 그윽하고 부드러웠다.

"그러셔야죠. 오늘은 너무 놀았어요."

삼화도 손에 들었던 안주를 탁자 위의 은쟁반에 내려놓으며 맞장구를 쳤다.

"놀긴 뭘 놀았다고 그러나. 이제 겨우 시작인데."

사내가 사화를 끌어당겨 다시 그녀의 가슴에 손을 집어넣었다.

"공자님!"

사화가 사내의 손을 쳐 내며 목소리를 높였다.

"아이쿠! 아름다운 꽃일수록 가시가 날카롭다더니…… 옛말 하나 틀린 게 없구나."

사내가 엄살을 부리며 사화의 가슴에서 손을 뺐다.

"우선 황궁의 소식부터 전해 드리겠어요."

일화가 여전히 그윽하고 꿈결 같은 목소리로 말했다.

"그곳에서는 두진향이 잘하고 있어요. 요공공은 이제 절대로 그녀의 손아귀에서 벗어날 수 없어요."

일화가 자신있게 말했다.

"그래? 하지만 이제 공력이 슬슬 소진될 때도 됐을 텐데?"

사내는 시큰둥하게 대꾸했다.

순간 일화의 속눈썹이 미세하게 떨렸다.

사내의 말대로 두진향은 그동안 요공공에게 환희보양술을 펼치며 쌓은 공력을 거의 다 소진했다. 그런 사정을 사내는 정확히 예측하고 있었다.

요공공은 두진향에게 환희보양술이라는 안마를 받으며 생기가 충만해지고 이런 정도라면 생명의 연장까지 충분히 가능할 수 있다는 느낌을 받았다.

권력의 정점에 앉아 온갖 수법을 다 취해본 요공공이기에 일시적인 효과만 나타나는 사술이나 약 처방 등은 충분히 알고 있었다.

그러나 두진향이 펼치는 환희보양술은 결코 사술이 아니었다.

그건 두진향이 축적한 공력을 불어넣어 주어 진정한 보양술을 펼쳤기 때문이다. 대신 그런 식으로 환희보양술을 펼친 두진향은 공력이 소진될 수밖에 없었다.

"며칠 전 그런 연락을 받았어요."

일화가 조심스럽게 말했다.

"그럼 어서 귀천보명단(歸天保命丹)을 보내지 않고 무얼 하고 있어?"

사내가 의아한 표정으로 일화를 쳐다보며 말했다.

일화가 잠시 머뭇거렸다.

귀천보명단은 무가지보의 환단으로 이제 교에서도 한 알밖에 남지 않았다. 그걸 보내고 나면 혹시 자신들 주인에게 무슨 일이 생겼을 경우 낭패를 당한다.

"그건 이제 한 알밖에 남지 않았습니다."

삼화가 다급하게 답했다.

"그러니까 보내야지. 한 알이면 다시 반년은 환희보양술을 사용할 수 있을 것이고, 그럼 일이 더 확실히 성사될 것 아닌가."

사내는 대수롭지 않게 말했다.

"그건… 공자께서……."

"보내. 난 이렇게 잘 놀고 잘 먹는데 그게 무슨 필요가 있어. 왜? 그걸 먹고 내가 한꺼번에 다섯을 다 상대해 주기를 원해?"

사내가 의미심장하게 다섯 여인을 쳐다보았다.

"공자님!"

일화가 앙칼지게 고함을 질렀다.

"이크! 알았어. 그런 실없는 소리는 안 할 테니 어서 보내기나 해."

"하지만……."

“우리의 가장 중요한 일은 황궁에서부터 시작이야. 그러니 보내!”

사내가 문득 표정을 바꾸며 단호하게 말했다.

다섯 여인이 흠칫 놀라며 서로를 쳐다보았다.

방금 단호하게 말하는 사내의 표정에서는 지금까지 자신들의 가슴에 손을 넣고 희롱하는 방탕한 기운은 한 점도 찾을 수 없었다. 도저히 항거할 수 없는 무거운 기운만 자욱히 스며나왔다.

“역시 허벅지는 오화가 제일 실팍해. 흐흐흐!”

여인들이 잠시 움찔거리는 사이, 사내의 손은 어느새 오화의 치마 속으로 들어가 있었다.

“꺄아악! 공자님!”

오화가 비명을 지르며 몸을 빼냈다. 그리고는 다시 다른 여인들을 쳐다보았다.

대체 이 사내는 어떤 것이 진면목인지 알 수가 없었다.

평소에는 중원제일의 한량이라고 해도 무방할 만큼 방탕하게 놀다가도 가끔씩 풍기는 예기는 등줄기에 식은땀이 흐르게 만든다.

“왜 그래? 좋으면서.”

사내가 짓궂은 표정으로 웃었다.

“제발 집중 좀 하세요, 공자님!”

일화가 다시 엄한 목소리로 말했다.

"알았어. 황궁은 두진향에게 계속 맡겨. 그리고 혹시 요공공을 암살하려는 자들에 대해 확실히 대처를 하게 해."

"그건 걱정 마세요. 귀영(鬼影)이 한시도 떨어지지 않고 지키고 있어요."

"그럼 요공공은 됐고… 다른 인간들은?"

사내가 여전히 대수롭지 않은 듯한 음성으로 물었다.

"오호도독부의 도독(都督)과 도독동지(都督同知), 도독첨사(都督僉事)는 모두 우리가 원하는 사람들로 바뀌었습니다. 도찰원(都察院)의 도어사(都御司)와 통정사(通政司) 역시 최근 새로운 인물로 바뀌었습니다. 모두 요공공의 발이라도 핥을 사람들입니다. 단지……."

일화가 뜸을 들였다.

"말해."

사내가 재촉했다.

"내각대학사(內閣大學士) 구소양(具燒養)은 황후의 친척인지라 자리를 보존하고 있습니다."

"그래? 요공공에게도 불가능한 일이 있는 모양이군. 하지만 상관없어. 오호도독부와 도찰원, 통정사가 손아귀에 들어왔는데 내각대학사 혼자서 무얼 하겠나. 그만하면 됐어. 일화와 두진향의 공이 컸어."

사내가 만족한 표정으로 고개를 끄덕였다.

"다음, 이화가 말해봐."

사내는 이화에게로 눈길을 돌렸다.

"흑도무림은 예전에 비해 두 배 정도 더 세력이 늘었습니다. 물론 그것은 양적인 면을 의미합니다. 질적인 면으로 따진다면 삼 할 정도 더 늘었다고 볼 수 있습니다."

이화가 신중한 음성으로 보고를 했다.

"삼 할이라……."

사내가 차분한 음성으로 읊조렸다.

"그 정도면 정도와 흑백대전을 벌여도 반년은 끌 수 있습니다."

"녹림과 장강수로맹에 대한 작업은?"

이화의 보고에 고개를 끄덕거린 사내가 다시 질문했다.

"녹림의 대채주들은 사 할가량 마음을 돌리게 해놓았습니다. 장강수로채는 반은 점령했습니다."

"고생 많았군."

사내가 미소를 지으며 칭찬을 했다.

"우리는 공자님께서 시킨 대로 했을 뿐입니다."

이화가 고개를 조아렸다.

"그러니까 고생했다는 말이지."

사내가 장난처럼 말했다.

"장강수로채와 녹림 이외에 애먹이는 흑도세력은?"

사내가 다시 물었다.

"사천의 흑림(黑林)과 귀주성의 적사련(赤絲聯)입니다. 그

두 세력은 끝까지 독자노선을 고집하고 있습니다.”

“두목이 누구지?”

사내가 미세하게 눈살을 찌푸리며 물었다.

“흑림의 림주는 탈혼철부(奪魂鐵釜) 위양춘(威樣春)이고 적사련의 련주는 적망혈검(赤芒血劍) 마립산(馬立傘)입니다.”

“무공 수준은?”

“모두 절정에 이르렀다고 알려져 있습니다.”

“재미있군. 당분간 그대로 둬. 한두 곳 정도는 진짜 반대파도 있어야 경계가 덜할 테니.”

사내는 미소를 지으며 삼화를 쳐다보았다.

“정파무림은 여전한가?”

사내가 간단하게 물었다.

“황실의 기세에 표면적으로는 복지부동하고 있습니다. 하지만 물밑으로는 분주히 움직이고 있다는 보고입니다.”

삼화가 빠르게 답했다.

“정파무림이 개구리처럼 복지부동한 채 물밑으로나 기어다니다니……. 정말 말세로군. 쯧쯧!”

사내가 비웃음 가득한 표정으로 혀를 찼다.

“전 황제를 도와 요공공을 축출하려다 실패한 후 막대한 타격을 입었습니다. 조금 과장한다면 무당은 양식을 구하지 못해 말코도사들이 이틀에 한 끼로 버틴 적도 있다고 했습니다.”

삼화가 피식 웃으며 보고를 했다.

"푸하하! 그것참 재미있군. 그래서? 굶고 도를 닦으니 어떻다고 하던가?"

사내가 여전히 웃으며 물었다.

"글쎄요. 배고픈 데는 도사도 용뺄 재주가 없든지 말코 중삼 할이 하산을 했다고 하더군요."

삼화가 더욱 진한 미소와 함께 답했다.

"소림사 땡중들은?"

"그곳 역시 마찬가지입니다. 밝은 날을 기약하며 방장이 스스로 절반가량의 땡중들을 내보내 알아서 얻어먹으라고 했답니다. 절에서 굶어죽는 것보다 그렇게라도 연명시킨 후 세상이 바뀌면 다시 불러들이겠다는 심산이겠죠."

"그게 쉬울까?"

사내가 의미심장한 표정과 함께 물었다.

"절대로 쉽지 않게 만들어야죠."

오화가 대신 답했다.

"역시 오화의 허벅지는 실팍해."

잠시 진지했던 사내가 어느새 오화의 치마 속으로 손을 넣고는 방탕한 장난을 쳤다.

"공자님!"

일화부터 오화까지 다섯 여인이 이구동성으로 고함을 질렀다.

"아이쿠! 다시 진지해져야겠군. 이제 사화 차례지? 허창의
상황은 어떤가?"

얼른 손을 빼낸 사내가 다시 진진한 표정으로 물었다.

"예전 장현방이 있던 자리에 참혼대(斬魂隊)와 파령마(破靈
魔)를 배치시켰습니다."

사화가 약간은 긴장한 표정으로 답했다.

"그곳이 예상 밖으로 시간이 많이 걸리는군."

사내가 의구심이 이는 눈으로 사화를 쳐다보았다.

정파무림 태산북두라 칭하는 소림과, 또 정파무림의 귀와
발의 역할을 하는 개방을 묶어놓기 위해서는 그곳을 장악하
는 것이 필수적인데 제일 먼저 끝날 줄 알았던 일이 제일 늦
어지고 있는 것이 이해가 가지 않았다.

"인근 정주에서 뜻밖의 변수가 생겼습니다. 변수는 정주제
일가로 불리는 정주유검가인데 놈들이 허창에서 교두보를 마
련한 진성무관을 급습했고, 장현방마저 무너뜨렸습니다. 그
래서 처음부터 다시 시작해야 했습니다."

사화의 눈에 독기가 어렸다.

"정주유검가? 가주가 누구지."

사내의 눈에 이채가 어렸다.

"천룡검객 유세천이라 합니다."

"천룡검객? 거창한 별호로군. 그만큼 실력도 있다는 말이
겠지?"

사내가 호승심이 이는 음성으로 물었다.

"정주에서는 손꼽히는 실력이지만 가문의 절기를 구성밖에 익히지 못해 절정을 바라보는 수준 정도입니다."

"그런데 그곳 때문에 일이 늦어진단 말이지?"

"최근 들어온 정보에 의하면 가주 유세천보다 더 강한 고수가 그곳에 웅크리고 있는 것 같습니다."

사화가 보고서를 들여다보며 답했다.

"누굴까, 그 고수는?"

사내가 빙긋 미소를 지으며 물었다.

강한 상대를 만나면 기분 좋은 미소를 짓는 것이 사내 특유의 버릇이었다.

"자세한 것은 조금 더 지나봐야 알겠지만 약관의 청년이라 했습니다. 그는 유검가의 혈족으로 최근에 가문으로 합류한 것으로 밝혀졌습니다. 그 청년 때문에 장현방이 쓰러졌고 진성무관을 도로 빼앗겼습니다."

"그는 지금 어디 있지?"

사내가 더욱 진한 미소와 함께 물었다.

"현재는 출타 중인 것으로 압니다."

사화가 보고서를 접으며 답했다. 더 이상의 보고는 아직 들어오지 않았기 때문이다.

"조만간 돌아오겠지. 마검룡(魔劍龍)을 합류시키면 될까?"

"지금 장현방에 있는 인원들로도 충분합니다."

사화가 고개를 저으며 말했다.

"합류시켜."

사내가 단호하게 말했다.

"존명!"

사화가 고개를 바닥에 조아렸다.

"이젠 오화 차례군. 몽고와 포답랍궁의 움직임은?"

"그곳은 니추기하와 타라초가 도착해야 본격적인 움직임을 보일 것입니다.."

"그렇겠군. 그곳은 좀 멀지. 하지만 넉넉잡아도 일 년 후엔 그들이 움직일 것이다. 그럼 대업은 본격적으로 시작되겠지."

"중원무림의 패망이 얼마 남지 않았군요."

일화가 미소를 지으며 말했다.

"중원무림의 패망이라……. 후후!"

사내가 낮은 웃음을 흘렸다.

"일화는 뭔가 크게 잘못 알고 있군."

사내의 눈에서 섬광 한줄기가 뻗어 나왔다.

쿵!

일화가 오체투지하며 바닥에 머리를 찧었다.

"천녀, 큰 실수를 했습니다. 죽여주십시오."

일화의 목소리가 덜덜 떨려 나왔다.

지금까지 사내의 장난에 준엄하게 고함을 치던 모습과는

천양지차였다.

"한 번 실수는 병가지상사라 했으니… 이번에는 봐주지."

사내가 빙긋 웃었다.

칼날보다 더 섬뜩한 기운이 서린 웃음이었다.

"감사, 또, 감사합니다."

일화가 몇 번이고 반복해서 머리를 찧었다. 그러나 그녀는 아직도 자신이 무얼 크게 잘못 알고 있는지 모르는 표정이었다.

"내가 원하는 대업의 완료는 중원무림의 패망이 아니야."

사내가 일화가 잘못 알고 있는 점을 지적했다.

"그건 바로… 한족의 멸족이야."

사내의 목소리가 얼음이 되어 바닥으로 떨어져 내렸다.

홍화교(紅火敎)
第七十二章

며칠 전부터 심상찮던 날씨가 살을 에는 듯한 찬바람을 몰
고 왔다.

사람들은 갑자기 불어닥치는 찬바람에 목을 움츠리며 종
종걸음들을 쳤다.

그 찬바람 끝에 더욱 세찬 폭풍 같은 소문이 들려왔다.

정파무림맹의 재결성이 그것이었다.

그건 무척이나 뜻밖이고 고무적인 소문이었다.

흑도중흥의 시대를·맞이하여 모두 정파무림은 죽었다고
분개했다.

그도 그럴 것이, 새 황제가 즉위하고 난 후부터 정파무림은

복지부동의 대명사처럼 배를 깔고 움직이지 않았다.

황실의 전 방위적 압력과 함께 정파무림은 그동안 봉문을 한 것이나 진배없이 일체의 활동은 중단했다.

구파일방은 물론이고, 남궁세가, 제갈세가를 비롯한 중원의 팔대세가들도 모두 문을 걸어 잠그고 몇 년 동안 두문불출했다.

그러는 사이, 흑도는 제 세상인 양 활개를 치며 세를 늘려왔다.

그래서 이젠 세상이 흑도천지가 되는구나 하고 체념을 하려는 찰나, 정파무림맹이 탄생한 것이다.

정파무림맹이 탄생하자 사람들은 모두 '그럼 그렇지!' 하는 감탄사를 연발했다.

아무리 세상이 뒤집혀 흑도가 세를 떨친다 하더라도 유구한 역사의 정파무림이 그렇게 쉽게 스러지지 않는다는 안도와 함께 그동안의 숨죽임이 이날을 위한 절치부심이었다는 것을 확신한 것이다.

그들의 생각대로 정파무림은 그동안 황실과 흑도의 세찬 공세에 소낙비는 우선 피한다는 식으로 활동을 자제하며 물밑으로는 숨 가쁘게 움직이며 오늘을 대비한 것이다.

맹주는 화산파의 장문인인 선운 진인(鮮雲眞人)이 맡았다.

선운 진인은 현 세수 예순다섯으로 누구보다 명망 높은 정파 고수였다.

별호는 장천벽매검(長天碧梅劍)으로 화산파로서는 드물게 장검을 썼다.

그가 장검을 휘두르면 장검 끝에서 청색 검기가 일고 그것은 푸른 매화송이가 되어 하늘을 가득 뒤덮었다. 그때의 그 매화송이들을 제대로 받아낼 수 있는 사람은 현 강호에서 다섯 명이 넘지 않는다고 알려졌다.

배분으로 따지면 현 소림의 방장 장현 대사(張炫大師)가 더 높았지만 선운 진인이 맹주가 된 것은 선운 진인의 성격이 더 호전적이고 강경했기 때문이다.

무림이 서로 분열되고 혼란스런 시절에는 온건하고 덕이 높은 맹주가 필요하지만 흑도의 기세가 하늘 높은 줄 모르고 치솟는 지금 같은 시기에는 오히려 강한 성격의 지도자가 필요했다.

그런 면에 있어서는 장현 대사보다는 선운 진인이 나았다.

어쨌든 선운 진인이 맹주로 추대되며 정파무림맹이 탄생했다는 것은 황실에 대한 강한 경고이자 흑도에 대한 선전포고나 마찬가지였다.

그렇게 정파무림맹의 탄생 소식이 강호 전역으로 퍼져 나가기는 했지만 흑도무림의 반응은 눈에 띄게 달라지지 않았다.

흑도는 정파와 달리 하나의 구심점으로 모이는 힘이 부족했고 무림맹이 결성되었다고 당장 자신들을 향해 진군하지도 않았기에 그들의 움직임은 예전과 다른 것이 별로 없었다. 다만 구파일방 근처에 있는 흑도무림은 예전보다 인근의 눈치를 좀 더 본다는 정도였다.

어쨌든 강호는 더 이상 흑도중흥의 시대만은 아니라는 조심스런 속삭임들이 중원 전역으로 퍼져 나갔다.

정파무림맹의 결성 소식이 온 중원으로 퍼져 나가는 즈음, 호남성에 자리한 무림맹 총단에는 여러 명의 사람이 앉아 있었다.

각양각색의 차림이었지만 그들의 기도는 하나같이 절정을 한참 뛰어넘고 있었다.

현 정파무림의 명숙들이었다.

또한 그들은 얼마 전에 결성된 정파무림맹의 수뇌부였다.

군사 역할을 맡은 제갈세가의 제갈진(諸葛珍), 총관을 맡은 남궁세가주 남궁정한(南宮貞漢), 비영각(秘影閣)의 각주인 개방의 장로 초영신개(超影神丐)가 있었고, 그 외에도 모용세가의 두뇌라 할 수 있는 모용영준(慕容英浚), 소림의 장한 대사(壯漢大師), 무당의 대장로인 태종 진인(太宗眞人) 등이 자리를 같이했다.

무림인이라면 한 사람만 마주쳐도 눈이 두 배는 커질 만한 기라성 같은 인물들이었다.

그들이 이곳에 모인 이유는 얼핏 무림맹의 재결성으로 인한 대소사를 의논하기 위함 같았지만 그보다는 훨씬 더 근본적인 위험 때문이었다.

현 무림을 온통 휘젓고 있는 자들의 정체!

그것을 알아냈기 때문이었다.

그들의 정체는 홍화교(紅火敎)라는 세력이었다.

현재까지는 온 세상을 혼란에 빠뜨리고 있는 무리의 실체가 혈교가 아닌가 의심했다.

그러나 그들의 본산이 어딘지, 누가 교주인지는 전혀 알지 못했다.

그러다 개방의 오랜 노력과 희생 덕분에 최근에 그들의 정체가 혈교가 아니라 홍화교라는 것을 알아냈다.

그리고 더욱 뜻밖인 것은 홍화교의 뿌리가 오래전에 패망한 현현교(玄玄敎)라는 것이었다.

현현교는 이백여 년 전 천산에서 번성했던 신비문파로, 중원과는 궤를 달리하는 신비한 무공과 기이막측한 술법으로 단번에 강호의 주목을 받았던 곳이었다.

그러나 그들의 강호 진출과 때를 같이하여 마교도 중원으로 진출했고 정마대전이 발생했다.

그때 현현교는 정파무림을 도와 마교를 패망시키고 그 잔당들을 중원에서 몰아내는 데 큰 공헌을 했다. 하지만 마지막 순간 마교의 악랄한 술수에 걸려 복건성의 밀림지역에서 공멸했다고 알려졌다.

그리고 중원인들의 뇌리에서 까마득히 잊혀 갔는데 최근 흑도중흥의 시대를 이끌며 온 중원을 어지럽히고 있는 홍화교의 뿌리가 현현교임이 밝혀진 것이다.

그것이 밝혀졌을 때 무림맹 수뇌부는 무척 혼란스러웠다.

현현교는 정파무림을 도와 마교의 소탕에 큰 힘을 보탰던 문파였다.

비록 중원의 정도문파는 아니었지만 좌도방문도 아니었다. 그런데 그들이 최근 들어 중원에 온갖 혼란을 일으키는 장본인이라는 것은 도저히 이해가 가지 않았다.

"대체 그들이 왜 그런 짓을 벌이는지 알고 계신 바가 있는지요?"

모용영준이 개방의 장로 초영신개에게 물었다.

홍화교의 전신이 현현교임을 밝혀낸 곳이 개방이니 초영신개에게 묻는 것은 당연했다.

그러나 초영신개는 무겁게 고개를 흔들었다.

"그것까지는 알아내지 못했소. 단지……."

초영신개가 말끝을 흐렸다.

"단지 무엇이란 말이오?"

총관 남궁정한이 의구심이 이는 눈으로 초영신개를 쳐다보았다.

"그간 그들에 대해 추적을 하면서 이백여 년 전 그들이 마지막 순간 마도의 계략에 걸려 마도와 함께 동패구상을 한 사건에 우리가 알고 있는 것과 다른 무언가 있다는 느낌을 받았습니다.”

초영신개는 신중한 표정으로 답하며 은밀하게 무당의 태종 진인의 눈치를 살폈다.

현현교가 마도와 함께 사라진 그 당시 무당파의 장문인인 호정 진인(昊情眞人)이 무림맹의 맹주를 맡았었다. 그래서 초영신개는 무당에서는 분명 무언가 알고 있을 것이라 생각했다.

초영신개의 짐작대로 태종 진인의 눈꺼풀이 미세하게 떨렸다.

“무언가 다른 일이라면 알려지지 않은 흑막이라도 있단 말이오?”

제갈세가의 가주 제갈진이 신중한 눈빛과 함께 초영신개를 쳐다보았다.

세상의 지혜를 다 담은 듯한 그의 눈은 한 번만 마주쳐도 상대의 마음까지 다 읽어낼 것 같았다.

“제가 조사한 바에 의하면 그런 것 같소이다. 그때는 정파 무림을 도와 마교의 소탕에 큰 역할을 했던 그들이 홍화교로 개종을 해서 온 세상을 어지럽히고 있는 것을 보면 그들은 정파무림에 큰 원한을 가지고 있는 것 같소. 그래서 복수를 하기 위해 지금과 같은 일을 벌이는 것으로 판단이 됩니다.”

초영신개가 침중한 음성으로 답했다.

　너무나 짧은 순간 나타났다가 사라진 현현교에 대해서는 알려진 바가 거의 없었지만 지금 홍화교로 거듭난 그들의 모습은 가공하다고 할 수 있었다.

　황실을 장악하며 이젠 흑도까지 장악해 중원무림을 압박하고 있다. 이런 기세라면 머지않아 흑백대전이라도 일으킬 기세다.

　만약 그들이 우려한 대로 흑백대전을 일으킨다면 강호무림은 엄청난 피바람에 휩싸일 것이다. 그리고 그 결과는 공멸을 면치 못할 것이다.

　"신개께서 그렇게 판단하셨다면 십중팔구 그것이 맞을 것 같군요. 그렇다면 그 사건에 있어 밝혀지지 않은 흑막이 어떤 것인지 짐작 가는 바는 없으신지요?"

　총관을 맡은 남궁정한이 침착한 어조로 물었다.

　"백방으로 알아보았지만 워낙 오래된 일인지라……."

　초영신개가 난감한 표정을 지으며 고개를 저었다.

　"하긴… 그만한 일이라면 비사에 속한 것이기에 철저히 봉인해서 오래되지 않았다고 하더라도 쉽게 알 수가 없는 일이겠지요."

　모용영준이 무거운 음성과 함께 고개를 끄덕였다.

　"어쨌든 그들이 중원무림에 대해서 큰 원한을 품고 있고, 그래서 지금과 같은 일을 꾸민다는 것을 안 것만으로도 큰 수확이오."

군사 제갈진이 낭랑하게 울리는 목소리로 말했다.

"군사께서는 이 난국을 헤쳐 나갈 무슨 복안이라도 있으신 지요?"

소림의 장한 대사가 깊은 눈으로 제갈진을 쳐다보며 물었다.

"하하! 불초라고 갑자기 무슨 수가 있겠습니까. 단지 지피 지기 백전불태(知彼知己百戰不殆)라 했으니 적에 대해 아무것 도 모르는 상황보다야 훨씬 더 나은 대응을 할 수 있겠지요. 우선은 홍화교, 아니, 현현교에 대해 최대한 많은 자료를 모 아 그들의 능력과 무공 수준 등을 파악하는 것이 급선무라 생 각됩니다. 그러다 보면 그들의 약점도 찾을 수 있겠지요."

제갈진은 지극히 원론적인 입장만을 표명했다. 하지만 그 가 내심마저 그렇게 원론적이라고 생각하는 사람은 아무도 없었다. 상대의 정체에 대한 정보를 얻었으니 그의 두뇌는 섬 전처럼 빠르게 회전하고 있을 것이다.

"이젠 그 일에 어떤 흑막이 있었는지 말씀해 주시지 않겠 습니까?"

예상대로 제갈진의 입에서 날카로운 질문이 흘러나왔다.

대상은 무당의 태종 진인이었다.

모두 둥그레진 눈으로 제갈진과 태종 진인을 번갈아 쳐다 보았다.

'으음!'

개방의 초영신개도 속으로 신음을 삼켰다.

무당에 대해 전혀 언질을 주지 않았는데도 제갈진은 순식간에 모든 것을 추리해 내고 태종 진인에게 질문을 던지고 있었다.

"원신천존! 원시천존……."

무당의 태종 진인이 눈을 질끈 감고 도호를 읊었다.

태종 진인의 그런 반응을 보고 사람들의 눈에는 구름 같은 의혹이 일었다.

"진인! 진인께서는 무언가 알고 계시는지요?"

태종 진인이 눈을 감은 채 한참 동안 입을 열지 않자 소림의 장한 대사가 부드러운 음성으로 질문을 던졌다.

"모두 업보인 게지요."

태종 진인이 긴 한숨과 함께 무거운 입을 열었다.

워낙 험준한 천산산맥의 오지에 자리한 탓에 중원무림과는 왕래가 없어 잘 알려지지 않았지만 현현교는 천산에 뿌리를 내리고 수백 년 동안 명맥을 이어온 신비문파였다.

앞에서도 말한 바와 같이 그들이 중원으로 발을 들여놓았을 때는 공교롭게도 운남성에서 창궐한 마도 역시 중원으로 스며들어 얼마 지나지 않아 정마대전이 발발했다.

그 과정에서 현현교의 무공과 신비한 술법은 마도의 패악한 마공과 역천의 술법에 천적으로 작용했다.

당연히 정파무림은 현현교를 최전방에 세워 마도의 예봉을 꺾는 데 큰 역할을 맡게 했다. 대신 그 반대급부로 당시 무림맹주였던 무당의 호정 진인은 중원에 그들의 터전을 약속했다.

그렇게 정마대전이 막바지로 치달을 즈음 호정 진인은 현현교의 무공과 기이한 술법에 차츰 두려움을 느끼게 되었다.

당시 그들은 좌도방문은 아니었지만 그들의 기이한 술법은 한 발만 옆으로 비껴 나가도 마도 이상의 역천의 길을 걸을 가망성이 농후했다. 특히 그들은 마도와 최전방에서 싸우며 마도의 절학들을 습득하여 몇 개는 자신의 것으로 만들어 나가는 가공할 신위도 내보였다.

그 사실을 목격하고 며칠 동안 뜬 눈으로 고심한 호정 진인은 이이제이의 미명하에 복건성의 백수림(白樹林)이라는 밀림지대에서 두 세력이 공멸하도록 계략을 짰다.

두 세력이 백수림에서 마지막 대결을 벌이는 사이 호정 진인의 밀명을 받은 무당의 결사대들은 백수림을 에워싼 후 기름을 뿌리고 불을 질러 그곳을 지옥의 불바다로 만들어 버렸다.

호정 진인의 바람대로 두 세력은 그곳에서 공멸했고 무림은 비로소 피바람을 잠재울 수 있었다.

그 후 호정 진인은 백수림의 일을 철저한 비밀에 붙이고 봉인시켰다.

그렇게 이백여 년이 지나며 그 일은 세월의 두께에 묻히는 듯했는데 백수림의 지옥화에서 살아남은 현현교 교도들이 홍화교로 변모하여 나타나 지금 중원을 무차별 유린하고 있는 것이다.

"아미타불!"
"허어!"
태종 진인이 설명을 마쳤을 때 이곳저곳에서 신음에 가까운 탄식들이 터져 나왔다.
그 당시에는 대의를 위하고 장래에 불어닥칠 만일의 위험에 대비하자는 미명하에 벌린 일이었겠지만 그것은 마도와 다를 게 없는 잔혹한 행위였다.
"원시천존, 원시천존!"
태종 진인은 여전히 눈을 감고 도호를 읊었다.
"그들이 자신들을 현현교라 칭하지 않고 홍화교라 칭한 이유를 알겠구료. 그 불지옥을 잊지 말자는 의미겠지요."
장한 대사가 혀를 차며 말했다.
"아니면 불지옥에서 다시 태어났다고 해서 그런 이름으로 개명을 했는지도 모르지요."
모용영준도 덧붙였다.
"그 당시 그들은 마교의 절학들을 얼마나 습득하고 자신의 것으로 소화했는지 아시는 바가 있습니까?"

제갈진은 좌중의 반응과 달리 냉정함을 잃지 않은 모습으로 질문을 던졌다.

"정확히는 모르지만 마교십대절학 중 두 개는 자신의 것으로 소화했다고 했습니다."

태종 진인의 음성에 두려움의 기운이 섞여 있었다.

마교의 십대절학은 하나같이 파천의 힘을 담고 있었다. 그래서 그것들을 익히는 것은 마교도들에게도 쉽지 않아 교주와 장로 몇몇만 가능했다. 그런 패도적인 무공을 현현교는 전투 도중 보고 익혀서 자신들의 것으로 소화했다는 말이다.

당시 무림맹주였던 호정 진인이 충분히 두려움을 느낄 만한 부분이었다.

"그럼 지금쯤 몇 개는 더 소화했다고 봐야겠군요."

제갈진이 여전히 냉정한 음성으로 말했다.

"그, 그게 무슨 말이오, 군사?"

모두 놀란 눈으로 제갈진을 쳐다보았다.

제갈진이 잠시 뜸을 들였다가 입을 열었다.

"어디까지나 가정이지만… 제가 만약 마도인이었고 백수림에서 함정에 빠져 현현교도들과 같이 불귀신이 될 처지였다면, 그리고 그 상황에서 현현교의 몇 명은 빠져나갈 가망성이 있다는 것을 알았다면 복수 차원에서 현현교에게 패도적인 무공 몇 개는 던져 주었을 것입니다. 물론 교주만 익힐 수 있는 천마신공 같은 것은 빼놓았겠지만……."

제갈진의 신랄한 가정에 모인 사람들이 입만 벌린 채 아무 말도 하지 못하고 있었다.

"정말 그럴 가망성이 있는 것이오?"

남궁정한이 침을 삼키며 물었다.

"최근 그들이 뿌린 무공 중에 마교의 냄새가 풍기는 것이 여러 차례 발견되었습니다. 그걸 미루어보면 불행히도 제 가정이 들어맞을 가망성이 매우 높습니다."

제갈진이 냉정한 어투로 답했다.

"그, 그렇다면 마교의 부활이나 진배없는 것이 아니오?"

초영신개가 말까지 더듬거리며 물었다.

"아직은 모릅니다. 하지만 최악의 경우엔 마교의 무학에 그들의 기이한 술법까지 곁들여 더 강맹할지도 모르지요."

"허어!"

"이런 일이!"

실내에 자욱한 공포가 내려앉았다.

"그럼 이제 어떻게 해야 하는 것이오?"

한참 후에 태종 진인이 제갈진을 향해 물었다.

"우선은 그들의 전 방위적 마수를 철저히 파악하고 더 나아가 본거지를 알아내는 것이겠지요."

제갈진이 답했다.

"본거지는 어디인 것 같소?"

모용영준이 초영신개를 쳐다보았다.

"그들의 본거지는 아마도 새외인 것 같소. 하지만 그건 그리 중요한 것이 아니고……. 중요한 것은 중원 어느 곳에 거점을 두고 활동하는 것인가인데……."

초영신개가 말끝을 흐렸다. 제대로 파악하지 못했다는 뜻이다.

"아는 대로 말씀해 보시지요?"

남궁정한이 차분한 음성으로 말했다.

"최근 들어온 정보를 분석하여 대충 짐작이라도 하자면 하남성 어느 곳일 확률이 높습니다."

초영신개가 입맛을 다시며 답했다.

"하남성?"

소림방장 장한 대사의 눈썹이 치켜졌다.

하남성이라면 소림과 개방이 있는 곳이다. 속된 말로 하자면 자신들의 구역에 놈들이 또아리를 튼 것이나 마찬가지다.

"그것이 확실하오?"

남궁정한이 형형한 눈빛과 함께 물었다.

"추측이란 말과 확실이란 말은 같이 쓰일 수가 없지요."

초영신개가 남궁정한의 질문에 대한 어폐를 지적했다.

"그렇군요. 하지만 개방의 정보망으로 분석한 것이라면 확실할 확률이 높겠군요."

남궁정한이 고개를 끄덕였다.

그의 말과 함께 놈들의 거점이 하남성의 어느 곳에 있다는 것은 기정사실화되었다.

"하남성이라……. 그렇게 범위가 좁혀진 것만으로도 다행이지요. 그럼 지금부터 놈들의 소굴을 찾는 데 모든 노력을 기울이도록 해야 하겠구려."

소림의 장한 대사가 강한 음성으로 말했다.

"놈들의 꼬리가 보이는 곳이 있어 손을 조금 써놓았습니다. 조만간 그곳에서 소식이 올 것입니다. 그때 본격적으로 움직이는 것이 좋다고 봅니다."

초영신개가 신중하게 말했다.

"알겠습니다. 그 일은 신개께서 힘을 기울여 주시지요."

총관 남궁정한이 무거운 음성으로 말했다.

第七十三章
마지막 관문

유한성이 하수린을 데리고 가문으로 돌아왔을 때 연화 대부인은 흥분을 주체하지 못했다.

노심초사하던 유한성이 돌아온 것도 기쁜 일이었지만 같이 온 하수린의 존재는 흐릿하던 시력마저 일시에 회복되는 듯했다.

얼마 전, 유한성이 진성무관으로 갔다가 사진용 남매를 데리고 왔을 때 사진혜를 보고도 연화 대부인은 예사롭지 않은 반응을 보였다. 그러나 유한성이 그녀를 친여동생 대하듯 한다는 것을 알고는 적지 않은 실망을 했었다.

그러나 이번에는 확연히 달랐다.

그것을 누구보다 민감하게 느낀 연화 대부인은 하수린의 얼굴에 못 박힌 듯 시선을 고정시켰다.

"대부인마님을 뵙습니다."

하수린이 예를 다해 인사를 올렸다.

대법이 성공리에 끝나자마자 급격히 살이 붙으며 단 며칠 사이에 몰라보게 달라졌던 하수린은 낙양에서 이곳으로 오는 동안 껍질을 벗듯 또 한차례 변모했다.

바람에 날려갈듯 앙상하게 야윈 몸은 어느새 굴곡이 완연한 성숙한 여체로 바뀌어 있었다. 여전히 많이 말랐다는 느낌은 지울 수 없었지만 훤칠하게 큰 키와 균형 잡힌 몸매는 비교할 대상을 찾기 힘들 정도로 아름다웠다. 특히 천형을 털어내고 혈색이 돌아온 얼굴은 한번 보면 좀체 눈을 떼지 못할 정도였다.

"이리, 이리 와보거라."

연화 대부인은 덜덜 떨리는 손을 내밀어 하수린을 불렀다.

하수린이 조심스럽게 연화 대부인에게로 다가갔다.

"우린 한성이의 친구라 했느냐?"

연화 대부인은 마치 친손녀를 대하듯 하수린의 손을 잡은 채 물었다.

"그렇습니다, 대부인마님. 제가 열네 살 때 처음 알게 되었지만 제겐 목숨 같은 친구입니다."

하수린은 수줍어하면서도 꽃이 피어나듯 환하게 웃으며

답했다.

하수린의 미소에 연화 대부인은 물론, 다른 식구들도 한동안 말을 잇지 못하며 그녀를 쳐다보기만 했다.

"그래, 잘 왔다. 정말 잘 왔구나."

연화 대부인은 자신도 모르게 하수린의 얼굴을 연신 쓰다듬었다.

하수린은 조용한 미소를 지은 채 연화 대부인의 손길을 받았다.

"정말 예쁘구나! 정말 곱구나!"

연화 대부인은 이제 유한성의 존재는 까맣게 잊은 듯 끊임없이 하수린의 얼굴을 쓰다듬고 손을 만졌다.

"할머님. 이제 그만 쉬게 하시지요."

한참 동안 지켜보던 가주 유세천이 만면 가득 미소와 함께 나섰다.

"아이구! 이 늙은이가 주책을 부렸구나. 먼 길 오느라 피곤할 텐데……."

연화 대부인이 자신의 실수를 깨달은 듯 미소와 함께 말했다. 그러나 말을 그렇게 하면서도 그녀는 여전히 하수린의 손을 놓지 않았다.

"그런데 당장 이곳을 떠날 생각은 아니겠지?"

조금 냉정을 되찾은 연화 대부인은 하수린이 어디로 떠나지나 않을까 걱정이 된 듯 물었다.

“쫓아내지 않으신다면 당분간 이곳에 머무르고 싶습니다.”

하수린이 솔직한 심정을 말했다.

여기서 쫓겨난다면 당장 갈 곳도 없었다.

“그래, 잘됐구나. 정말 잘됐다. 당분간 여기서 지내며 우리 한성이가, 그리고 네가 어떻게 살았는지 얘기를 좀 해다오. 그래 주겠느냐?”

연화 대부인은 간절한 눈빛과 함께 말했다.

“알겠습니다, 대부인마님. 제가 어떻게 한성이… 아니, 대부인마님의 손주를 만나게 되었고, 대부인마님의 손주가 어떻게 지금의 모습이 되었는지 하나도 빠뜨리지 않고 얘기해 드리겠습니다.”

하수린이 다시 환한 미소와 함께 답했다.

“그래. 그래다오. 하나도 빠뜨리지 않고 얘기해 다오. 너무 궁금하단다. 그리고…….”

연화 대부인이 잠시 말을 멈추었다.

하수린은 조용히 연화 대부인의 말을 기다렸다.

“앞으로는 한성이와 마찬가지로 너도 나를 증조모로 불러 줄 순 없겠느냐?”

연화 대부인의 제안에 하수린은 얼굴을 붉히다가 고개를 끄덕였다.

“그렇게 하겠습니다, 증조모님.”

"그래. 어서 가서 쉬도록 해라."

연화 대부인은 비로소 하수린의 손을 놓았다.

"편히 쉬십시오, 중조모님."

하수린은 처음과 마찬가지로 예를 다해 절을 하고는 유한성과 함께 연화 대부인의 방을 나섰다.

연화 대부인의 방에서 물러나 하수린을 숙소에 데려다준 유한성은 곧장 가주 유세천을 따라 지하 연공실로 향했다.

오성상단 낙양지부에서 한발 먼저 가문으로 돌아온 가주 유세천이 만사를 제쳐 놓고 유한성과의 비무를 통해 자신의 성취를 확인하고 싶어 했기 때문이다.

그건 유한성도 원하던 바였다.

하수린과 행한 대법을 통해 얻은 일 갑자 가까운 공력.

그것을 얻음으로 해서 높아진 성취는 아직 완벽히 자각이 되지 않았다.

오성상단 지부의 지하석실에서 상단주들의 호신갑으로 키워진 청년들과 비무를 해보았지만 그들은 유세천만 한 고수가 아니었다.

현재 자신 주변에 있는 제일의 고수는 유세천이었다. 그를 통해 자신을 성찰해 보고, 또 유세천의 성취도 확인해 보고 싶었다.

이곳까지 오는 도중 틈틈이 운기를 하며 놀랍도록 증진한 내력은 익히 느껴보았다. 그러나 고수와 비무를 통해 느끼는 것은 또 다르다.

그중에서도 유한성이 특별히 관심을 가지는 부분은 정수리에 얻은 또 하나의 눈이었다.

잃어버렸던 시력을 되찾고 나서부터 그 능력은 조금 퇴화되어 눈을 감아야만 발휘되었다.

그런데 대법을 통해 단전에 굳어 있던 기운을 다 녹이고 나자 그 능력은 시력을 잃었던 시기처럼 생생하게 되살아났다.

눈을 감지 않아도 신경을 정수리로 돌리면 곧바로 사람들의 모습이 열감으로 비쳤고, 그들의 몸속으로 흐르는 호흡이 하얀 구름처럼 읽어졌다.

무공을 몰랐을 때는 그게 어떤 것인지 크게 다가오지 않았지만 지금은 그것이 얼마나 엄청난 능력인지 절감했다.

앞에 선 상대에게 낱낱이 호흡을 읽힌다!

그건 당사자에겐 두려움을 넘어선, 죽음의 공포일 것이다.

마주선 상대에게 호흡이 읽힌다는 것은 다음 순간 내가 어느 정도 공력을 끌어올려 어디를 치겠다고 선언을 한 후 공격하는 것이나 마찬가지다.

그런 식으로 싸운다면 몇 수 아래의 상대에게라도 낭패를 당하고 어이없는 죽음을 맞이할 수도 있을 것이다.

다시 말해, 유한성은 몇 수 위의 고수라도 얼마든지 상대할 수 있는 가공할 능력을 지니고 있는 것이다.

"준비됐느냐?"

유세천은 연공실 중앙에 서서 유한성을 보고 물었다.

유한성은 조용히 고개를 끄덕였다.

그의 감각에는 어느새 유세천의 몸속에 흐르는 호흡의 흐름이 환히 감지되었다.

처음 비무 시 필요 이상으로 뭉쳐 있던 호흡이 거의 느껴지지 않았다. 그때 피를 토하며 쏟아버린 때문이기도 하겠지만, 그것보다는 그 이후 유세천은 삼매에 빠져들며 자신의 내부를 관조하고 한 단계 더 성취를 이루었기 때문이다.

이제 유세천은 꿈에도 바라마지 않던 십성의 초입에 접어들고 있었다.

이대로 성취를 이어 나간다면 얼마 지나지 않아 완벽히 십성에 이를 것이다.

유한성은 이번 비무가 유세천의 성취에 다시 한 번 박차를 가해주었으면 하는 바람을 가졌다.

우우웅—

비스듬히 내린 유한성의 검에서 무거운 진동음이 일었다.

자신도 모르게 흘러나오는 기세였다. 또한 그것은 갑자기 얻은 일 갑자의 공력에 유한성이 아직 완전히 적응되지 않은 때문이기도 했다.

유한성은 호흡을 가다듬고 검으로 흘러드는 내력을 조금 줄였다.

“그사이 무슨 기연이 있었던 것이냐?”

하수린과의 대법을 알 리 없는 유세천이 물었다.

오성상단 지부의 지하 석실에서 가공할 신위를 보았을 땐 유한성이 그동안 무공을 숨겼다고 생각했는데 지금 보니 그것보다는 기연이 있었던 것 같았다.

“단전에 막혔던 혈 한 곳이 트이며 공력이 조금 증대되었습니다.”

유한성은 대수롭지 않은 음성으로 답했다.

“그러냐? 정말 잘되었구나.”

유세천은 흥분에 젖은 목소리로 말했다.

하수의 공력이 괄목상대하게 증대하는 것은 쉬운 일이지만 절정을 뛰어넘은 사람들이 그렇게 되는 것은 바가지로 물을 퍼 담아 큰 연못을 넘치게 하는 것만큼 힘들다.

가문으로 처음 왔을 때도 유한성은 측정이 불가능한 내공을 지니고 있었다. 그런데 이제 더욱 증대되었다면 무공 또한 그에 비례해 증대될 것이다. 그에 더해 자신 역시 유한성의 도움으로 마장(魔障)이나 마찬가지였던 십성을 바라보게 되었다.

두 명의 절정고수를 보유한 정주유검가는 조만간 하남을 뛰어넘어 전 중원에서 손꼽히는 가문으로 거듭날 것이다.

그런 생각에 유세천의 가슴은 세차게 뛰었다.

“시작하자.”

긴 호흡으로 마음을 가다듬은 유세천이 기수식을 취했다.

그리고는 곧장 유한성을 향해 달려들었다.

비록 백부이고 가주였지만 유한성이 자신보다 훨씬 고수이니 선공을 한 것이다.

유한성도 적운검을 마주 휘둘렀다.

유한성의 검에서 마라십이검의 제사초식인 검뢰번천(劍雷天)이 펼쳐졌다.

쉬이익—

한줄기 검풍이 강맹하게 유세천에게로 몰아쳤다.

검기를 쏟아냈다면 하늘을 뒤엎을 듯한 검광이 온 사방에 자욱했을 것이다.

까앙—

두 자루 검이 마주치며 불꽃이 튀었다.

슈슈슉—

튕겨 나가는 검을 회수한 유세천이 폭풍처럼 검을 휘둘렀다. 동시에 진혼사십팔검의 후반부 여섯 초식을 한꺼번에 펼쳐냈다.

저번의 비무에서 유한성은 유세천이 펼치는 후반 이십사 초식의 중간 중간에 검을 찔러 넣었다. 그렇게 파탄을 일으키게 만든 후 유세천으로 하여금 몸소 그것을 느끼게 하고 삼매에 빠져들게 했다. 그러기에 유세천은 그 부분을 집중적으로 갈고닦아 다시 펼쳐내고 있는 것이다.

예전보다 훨씬 간결해지고 가볍게 느껴지는 검초였다. 그러면서도 검에 실린 역도는 훨씬 더 무거웠다.

유한성은 즉시 검초를 바꾸어 제오초식 벽뢰천운(霹雷穿雲)으로 유세천의 검을 마주쳐 갔다.

그 검초는 바위처럼 무겁고 엄밀하게 다가오는 유세천의 검초에 대응하기에 제일 적합했다.

번쩍!

한줄기 검광이 유세천이 펼친 진혼사십팔검의 초식을 꿰뚫어갔다.

휘리릭—

유세천이 신형을 틀며 바람처럼 검의 궤적을 바꾸었다.

유한성의 표정이 미세하게 변했다.

예전과는 확연히 다른 움직임이었고 원활한 내력의 운용이었다.

너무나 무거운 검초 때문에 뭉쳐져서 제대로 펼쳐지지 않았던 호흡의 흐름, 아니, 진기의 흐름이 더 이상 보이지 않았다. 그로 인해 유세천의 검은 앞을 막은 바위를 타고 도는 물결처럼 유연했다.

또한 사족 같았던 불필요한 초식들은 모두 사라져 있었다.

유세천의 성취가 절로 느껴지는 순간이었다.

슈아악—

유한성의 검도 어지럽게 움직이며 유세천이 휘두른 검을

마주쳐 갔다.

유한성의 검에서 강력한 검풍이 쏟아졌다.

제삼초식 검망쇄풍이 펼쳐진 것이다.

막강한 내력에 의해 펼쳐진 검망쇄풍은 예전과 확연히 달랐다.

훨씬 더 강력했고 바늘 하나 빠져나가지 못할 정도로 엄밀했다.

째쨍쨍—

검망쇄풍에 마주친 유세천의 검이 연신 비명을 토했다.

'이건?'

몇 합을 더 겨루어보던 유세천이 눈을 부릅떴다.

유한성의 검에서 쏟아지는 막강한 압력에 검초를 제대로 펼칠 수가 없었다. 검이 마주치기도 전에 쏟아지는 경력이 검의 진로를 무겁게 뒤흔들었다.

처음 마주쳤을 때보다 더 격차가 났다.

삼매에 빠져들고 십성을 바라보며 이젠 그 차이를 많이 줄였을 것이라고 생각했는데 오히려 그 차이는 더 벌어져 있었다.

그 차이가 더 벌어졌음은 당연한 이치였다.

유세천과 마찬가지로 유한성 역시 대법이 끝난 후 이틀 동안 스스로는 의식하지도 못한 채 삼매에 빠져 있었다. 거기에 더해 일 갑자라는 엄청난 내공도 증대되었다.

그나마 유한성이 시종 육성 이하의 공력을 쏟아부으며 상대하고 있기에 그 정도였다.

"차아아!"

우레와 같은 고함을 지른 유세천이 구성의 공력을 쏟아부으며 진혼사십팔검의 후반부 여덟 초식을 연달아 펼쳐갔다.

유한성은 마라십이검의 육초식 천라폭정과 칠초식 천검포월(天劍抱月)을 동시에 펼치며 유세천의 검초를 상대했다. 그러면서 유세천의 몸속에 흐르는 기운을, 그리고 검을 통해 뿌려지는 기운을 세세하게 읽었다.

예전의 비무에서 검초와 검초 사이에 너무 무겁게 뭉쳐 있던 기운들은 거의 해소가 되었다.

짧은 시간 그런 발전이 있었다는 것은 놀라운 일이었다. 그거 유세천이 그간 침식을 잊고 매달린 결과였다.

그 결과를 반영하듯 유세천의 검은 바람처럼 자유로우면서 바위처럼 무겁게 짓쳐들었다.

유한성은 계속 마라십이검의 초식들을 펼치며 유세천의 검에 마주쳐 갔다.

까가강!

때로는 불똥이 튀고 때로는 살갗을 찢을 듯한 검풍이 터져 나오며 두 사람의 대결은 한 치의 틈도 없이 공방이 계속되었다.

"공력을 다 쏟아붓겠다."

　구성의 공력으로도 유한성의 검초를 뚫을 수 없자 유세천
은 고함과 함께 온 내력을 다 끌어올렸다.
　우우웅―
　유세천의 검에서 수천 마리의 벌떼들이 날갯짓을 하는 듯
한 음향이 터졌다.
　“하앗!”
　어느 순간 유세천의 검이 엄청난 압력과 함께 유한성의 정
수리 위로 떨어져 내렸다.
　쉬이익―
　유한성이 검을 쳐올리며 유세천의 검에서 쏟아지는 압력
을 잘라 나갔다.
　쉬리릭―
　유세천의 검이 유한성의 검을 피해 꿈틀 춤을 추었다. 그리
고는 쾌속하게 검초가 바뀌며 변초가 쏟아졌다.
　순간 유한성의 눈에서 번쩍 하고 섬광이 터졌다.
　모든 공력을 쏟아붓는 것과 함께 시종 바람같이 자유롭던
유세천의 검초에 예전처럼 기운의 과도한 응축이 눈에 들어
왔다.
　그러나 그것은 예전에 비하면 미세하다 할 수 있었다. 또한
유한성의 성취가 한 단계 높아지지 않았다면 발견할 수 없는
곳이기도 했다.
　그것이 유세천의 십성 성취에 있어 마지막 장애물이었다.

유한성은 그곳을 향해 쾌속하게 검을 찔러 넣었다.

"헛!"

단말마를 터뜨린 유세천이 세차게 검을 그어내렸다. 그러나 한발 앞서 유한성의 검이 유세천의 검을 세차게 두드렸다.

따당—

유세천의 검이 허공으로 날아갔다. 그리고는 두꺼운 석실 벽에 꽂혔다.

"컥!"

유세천은 팔을 통해 밀려드는 유한성의 진기에 비명을 토했다.

실제 대결이었다면 팔이 잘리고 가슴마저 갈라졌겠지만 유한성은 유세천의 검초에 나타난 파탄을 뼈에 새겨주고 있었다.

이런 상황까지 간 후에 절대로 잊지 않는다.

머리는 잊어도 몸은 절대로 잊지 못한다.

유세천은 십성의 문턱을 향해 다시 한 걸음을 내디딘 것이다.

"더 이상은 제 능력 밖입니다."

유한성은 검을 내린 채 정중하게 말했다.

"충분하네!"

유세천은 희열에 들뜬 얼굴로 대꾸하며 손을 흔들었다.

그만 나가달라는 축객령이었다.

유한성이 나간 후 그는 다시 운기를 하며 삼매에 빠져들 것이다. 그리고 그 삼매에서 깨어나면 십성의 문턱을 넘어서 있을 것이다.

"그럼!"

유한성은 고개를 숙인 후 연공실을 밖으로 나왔다.

밖으로 나오는 유한성의 얼굴에도 한 가닥 열기가 어렸다.

유세천이 또 한 번의 성취를 얻었듯 유한성도 절정고수 유세천과 비무를 하며 자신의 능력을 훨씬 더 세세하게 자각할 수 있었다.

유세천의 바람 같으면서도 웅혼한 검법에 마주치며 자신의 검초 역시 되돌아볼 수 있었고 이젠 눈을 감지 않아도 깨어나는 정수리의 감각을 더 예민하게 느낄 수 있었다.

앞으로 그 능력은 무림을 발칵 뒤집을 만한 가공스런 무기가 될 것이다.

'좋군!'

유한성은 오랜만에 만면 가득 미소를 지었다.

유한성과의 비무 후 유세천은 하루 만에 삼매에서 깨어났다.

이제 그는 십성의 문턱에 한 발을 디뎠다.

그것은 스스로가 가장 먼저 느꼈다.

하지만 처음 삼매에 빠졌을 때와는 달린 그의 표정은 담담하기만 했다.

죽을 고생을 하며 산을 올랐지만 막상 정상에 서면 오히려 멍해지는 심정과 흡사했다. 또한 광소를 터뜨리는 것은 십성의 문턱을 완전히 넘어선 후에 해도 늦지 않았다는 생각이 들었다.

연공실을 나오자마자 유세천은 유한성과 찻잔을 마주하고 앉았다.

"네 검법은 청해마검의 마라십이검이 아니더냐?"

차를 한 잔 마신 유세천은 유한성에게 질문을 던졌다.

비무에서 유한성이 지옥의 그물 같은 검기를 뿜어내지 않았지만 가장 가까이서 검을 섞었고 십성의 문턱을 넘어서고 있는 절정의 고수인 유세천은 마라십이검을 알아보았다.

아니, 알아보았다기보다는 자연스럽게 느낀 것이다.

"당분간은 비밀로 해주십시오."

유한성은 가볍게 고개를 끄덕이며 당부했다.

"사연이 있는 것이냐?"

유세천은 깊은 눈으로 유한성을 보며 물었다.

그런 그의 뇌리에는 만감이 교차했다.

청해마검!

그는 명실상부한 일대종사였다.

성격이 괴팍하여 언제나 홀로 떠돌았고 검법 역시 너무 패도적이어서 제대로 된 평가를 받지 못했지만 그가 정파무림

에서 제대로 활약을 했더라면 구파일방의 장문인 이상의 명
성을 얻었을 것이다.

그런 고수의 진전을 조카 유한성이 이어받았다는 사실에
유세천의 가슴은 세차게 뛰고 있었다.

"사부님의 안녕에 관련된 것입니다."

유한성이 짤막하게 답했다.

"알겠다. 언젠가 때가 되면 네 사부님을 만나 뵙는 영광도
안겨주려무나."

유세천은 청해마검을 만나고 싶은 간절한 바람을 드러냈
다.

"그렇게 하겠습니다."

유한성은 묵묵히 고개를 끄덕였다.

"그리고……."

청해마검을 언급하며 조금 들떠 있던 유세천의 표정이 급
격히 굳어졌다.

무언가 심각한 얘기를 꺼낼 모양이었다.

"말씀하십시오."

유한성은 여전히 담담한 모습으로 말했다.

"네 아버지의… 죽음에 대해서…… 말하고 싶은 것이 있구
나."

유세천은 이를 악물며 말했다.

이십 년이 더 지난 일이었지만 동생 유세연의 원인 모를 죽

음은 영원히 희석되지 않는 뼈에 사무치는 원한인 모양이었
다.

유한성은 긴 한숨을 내쉬었다.

아버지란 단어는 여전히 애증이 교차하는 것이었다.

아버지 유세연을 생각하면 어머니의 모습이 먼저 떠올랐
다.

뒤이어 가슴이 아려왔다.

아버지만 살아 계셨다면 어머니는 조금 더 오래 사셨을지
도 몰랐다.

아니면, 자신이 하수린에게 했던 것처럼 아버지도 어머니
를 구했을지도 몰랐다.

설사 그렇지 못하더라도 짧은 생이나마 행복하게 사셨을
것이다.

그의 부재로 인해 어머니는 그 짧은 삶조차도 눈물과 한으
로 영위하셨다.

"말씀… 하십시오."

유한성은 가라앉은 음성으로 말했다.

"네 아버지의 가슴에 난 검상에서는 아무런 특징을 찾을
수가 없었다. 검기에 당한 상처라는 것은 확실했지만 그것이
어떤 검기인지, 양강(陽剛)에 속하는 것인지 음한(陰寒)에 속
하는 것인지조차 알 수가 없었다. 그래서 수년에 걸쳐 조사를
했지만 결국 아무것도 알아내지 못했다. 그런데……."

유세천이 숨을 몰아쉬었다.

"얼마 전 네가 가문으로 온 다음 날, 가문의 담을 넘은 괴한 중 그 우두머리로 보이는 자의 검에서 쏟아진 검기를 보고 난 후 나는 온몸에 얼음물이 쏟아지는 느낌을 받았다. 마지막 순간 그놈의 검에서 극히 짧게 쏟아진 검기는 그런 종류의 것이었다. 이제껏 한 번도 본 적이 없는, 그러면서도 어떤 것으로도 특징지을 수 없는 종류의 검기였다. 그런 검기에 당했다면 네 아버지의 가슴에 난 것과 같은 상처를 낼 수 있을 것이라는 생각이 들었다."

거기까지 말한 유세천은 으스러져라 주먹을 쥐며 몸을 떨었다.

"조금 일찍 알았더라면 기필코 놈을 생포해서 더 밝혀냈을 것인데……."

유세천은 탄식과 함께 주먹으로 가슴을 쳤다.

"단서를 잡았으니 언젠간 찾을 수 있겠지요."

한참 동안 침묵을 지키던 유한성은 단언을 하듯 말했다.

"그렇겠지. 이제까지 아무것도 모르던 것에 비하면 암흑 속에서 큰 빛줄기 하나를 본 것이나 마찬가지지."

유세천이 고개를 끄덕였다.

"어쩐지 놈들과는 머지않은 시간 안에 마주칠 것 같은 예감이 듭니다."

유한성이 낮은 목소리로 말을 이었다.

"또한 그것은 지하에 계신 어머니와… 아버지의 뜻일지도
모르겠군요."
유한성의 눈에서 시린 안광이 뻗어 나왔다.

허창정검가(許昌鄭劍家)

第七十四章

　허창정검가(許昌鄭劍家)라는 현판 앞에 선 정지연은 가슴 벅찬 감동에 자신도 모르게 눈시울을 붉혔다.

　정주유검가의 가신 가문에서 이젠 허창의 진성무관에 이주하여 허창정검가로 현판을 걸었다.

　허창정검가!

　얼마나 가슴 떨리는 글귀인가?

　허창정검가의 현판은 유검가의 가주 유세천이 직접 만들어 하사한 것이다.

　가주 정사일은 너무 과분한 이름이라고 극구 사양했으니 유세천은 뜻을 굽히지 않고 그 현판을 하사했다.

이제 정검가는 유검가와 어깨를 나란히 하는 무가가 된 것이다.

물론 아직까지는 유검가에 비해 달 앞의 반딧불 수준이지만 시작이 반이라고 했으니 절치부심 정진하여 나간다면 언젠가는 그 이름에 걸맞은 가문이 될 것이다.

처음에는 적이 불안하기도 했다.

정주제일의 검가인 유검가를 벗어난다는 사실은 철벽처럼 든든한 울타리를 치워 버리는 것과 마찬가지였다. 또한 이사를 할 즈음 무너졌던 장현방에 갑자기 정체 모를 자들이 들어차 목책을 드높이고 있다는 사실은 큰 위기감마저 느끼게 했다.

그러나 이사를 하고 보니 그런 걱정은 조금도 하지 않게 되었다.

진성무관, 아니, 이젠 허창정검가가 된 이곳은 정호회 타격대의 임시 거주지였다.

진성무관을 무너뜨린 장현방을 축출하며 이곳으로 온 정호회 타격대는 당분간 이곳을 거처로 삼기로 하며 훈련을 하고 있었다.

제대로 된 거처가 마련되면 떠날 것이지만 당분간은 그들이 이곳에 거주하며 정검가가 자리를 잡을 때까지 든든한 울타리가 되어줄 것이다.

유검가의 가주 유세천은 그것까지 감안하여 따로 거처를

만들지 않고 정호회 타격대를 계속 이곳에 머무르게 했다.

그러나 무엇보다 안심이 되고 가슴을 벅차게 하는 것은 유검가의 기린아 유한성이 정호회 타격대주가 되어 이곳으로 온다는 것이다.

유세연 숙부의 아들 유한성!

그는 이제 정호회 타격대의 영웅이 되어 있었다.

백 명이 넘는 지원자를 세 명만 남겨놓고 다섯 호흡 만에 모조리 쓰러뜨린 일화는 얼마 지나지 않은 시간이었지만 젊은이들 사이에 전설이 되어가고 있었다.

그가 드디어 오늘 이곳에 도착한다.

한 달이 넘게 못 본 사이 또 얼마나 헌앙해졌을까?

"후읍—"

정지연은 뛰는 가슴을 진정시키기 위해 길게 숨을 들이마셨다.

싸늘한 겨울의 대기가 폐부 가득 들어찼지만 가슴은 오히려 뜨겁기만 했다.

"일찍 일어났네."

정호회 타격대의 여자 중 가장 고수인 송자영이 다가오며 인사를 건넸다.

며칠 전 인사를 튼 두 사람은 이젠 말도 편하게 하는 사이가 되었다. 두 살이 더 많은 송자영이 자연히 언니가 되었다.

"그래요. 그런데 언닌 아침부터 온몸이 땀투성이네."

정지연은 혀를 차며 말했다.

벌써 어디서 한참 동안 창술을 연마하고 왔는지 송자영은 차가운 날씨에도 불구하고 얼굴은 물론이고 옷 곳곳에도 땀이 흥건하게 젖어 있었다.

유한성을 따라갔다가 추곡선 위에서 동창의 번역들과 생사지투를 치르며 자신의 한계를 절실히 느낀 송자영이었다. 그런 그녀였기에 유한성 일행에 앞서 이곳에 도착하자마자 한시도 쉬지 않고 수련을 했다.

그때 추곡선에서 오필만이나 유병학이 없었더라면 자신은 속절없이 물귀신이 되었을 것이다.

또래 청년들 중에서는 누구에게도 지지 않을 것 같다는 강한 자부심과 함께 정호회 타격대에 지원했는데 실전을 겪어보니 그게 얼마나 보잘것없는 자만심인지 뼈저리게 느꼈다.

그런 심정은 동행한 이수찬과 성권일도 마찬가지여서 그들 역시 밤을 새워가며 수련을 했다.

"대체 얼마나 수련을 한 거예요?"

정지연이 옷소매로 송자영의 얼굴에 흐른 땀을 닦아주며 물었다.

"그냥 매일 하는 버릇이 돼서……."

송자영이 대수롭지 않다는 듯 대꾸했다.

"그런데 넌 왜 대문 쪽을 바라보며 한숨을 쉬고 있어?"

송자영이 대문을 쳐다보았다.

“한숨이 아니라 벅찬 감흥을 이기지 못해 심호흡을 한 거예요.”

정지연이 미소를 지으며 답했다.

“하긴……”

송자영이 고개를 끄덕였다.

독립하여 문파를 이룬 정지연의 심정을 이해한 것이다.

“걱정은 안 돼?”

잠시 정지연을 쳐다보던 송자영이 약간 긴장한 표정으로 물었다.

“뭐가요?”

정지연이 눈을 조금 크게 떴다.

“쓰러진 장현방에 정체 모를 놈들이 수백 명이나 들어찼다면서?”

송자영은 이곳으로 와서 들은 사실을 일컬었다.

“오기 전에는 걱정이 많았죠. 그런데 언니를 비롯한 타격대원들이 삼백 명도 넘게 있는데 뭐가 걱정이에요.”

정지연이 안도의 웃음을 지었다.

타격대의 명성이 높아지며 그동안 또 인원이 늘어 지금은 삼백 명을 넘어섰다.

“어중이떠중이 삼천 명 있으면 뭘 해. 나 역시 마찬가지고……”

송자영은 타격대 청년들 숙소 쪽으로 고개를 돌리며 혼잣

소리처럼 말했다.

"왜 그래요, 언니? 언니가 어때서."

정지연은 목소리를 높였다.

자신에 비하면 송자영은 한참 고수였다. 그러나 유한성을 따라갔다가 돌아온 후 송자영은 회의적이 되었다.

"어중이떠중이라도 대장을 잘 만나면 덩달아 강해지잖아요. 오늘 대주가 오신다고 했어요."

"오늘?"

침울해지던 송자영의 표정이 꽃이 피어나듯 활짝 피어났다.

"언제 온다고 했어?"

표정과는 다르게 송자영이 심드렁하게 물었다.

"오후쯤."

정지연이 빙그레 웃으며 답했다.

"그래……?"

여전히 심드렁하게 대꾸한 송자영이 소매로 땀을 닦았다.

"그럼 계속 심호흡해. 난 좀 씻어야겠어."

송자영이 빙글 돌아서서 자신의 숙소로 향했다.

어서 목욕을 하고 단장을 하려는 생각에 마음이 급한 것이다.

"괜히 알려줬나."

황급히 사라지는 송자영의 뒷모습을 보며 정지연은 눈을

가늘게 떴다.

＊　　　＊　　　＊

　유한성이 사진용 남매와 함께 정호회 타격대가 머무르는 정검가에 도착한 것은 오후 늦은 시간이었다.
　유검가에서 사흘을 머무른 그는 또 바람처럼 이곳으로 온 것이다.
　유한성이 정검가에 도착하자 정호회 타격대원들이 모두 몰려나와 유한성을 맞았다.
　먼저 도착한 송자영 등으로부터 유한성의 어린 시절 사연을 자세히 들은 그들의 눈에는 깊은 신뢰감과 함께 경외감마저 담겨 있었다.
　"대주님을 뵙습니다."
　하수린을 구하는 길에 동행했던 성권일이 약간은 장난스런 표정과 함께 나서서 유한성에게 인사를 했다.
　그들은 유한성이 타격대 대주직을 맡았다는 사실을 미리 전해 듣고 들떠 있었다.
　"대주님을 뵙습니다!"
　다른 청년들도 성권일을 따라 포권을 쥐며 인사를 했다.
　유한성은 약간 계면쩍은 표정을 짓다가 마주 인사를 했다.
　누군가의 위에서 군림하는 것은 생각해 보지도 않았고 체질에도 맞지 않았다. 그러나 타격대 대주직을 맡겠다고 승낙한 이상 머뭇거릴 이유가 없었다.

최대한 빨리 조직을 장악하고 명령 체계를 세워야 유사시 한 사람이라도 희생을 줄일 것이다. 더 나아가 혹독한 훈련으로 오합지졸이나 마찬가지인 이들을 단련시켜야 했다.

유한성은 마중 나온 사람들의 면면을 훑었다.

오성상단 낙양지부에서 보낸 사람들을 찾기 위함이었다. 그들만이 이곳에서 제대로 된 고수였다.

아는 얼굴 하나가 들어왔다.

유한성은 그에게 시선을 집중했다.

그가 보일 듯 말 듯 고개를 끄덕인 후 턱짓을 했다.

그곳에 또 한 명의 청년이 있었다.

청년이 손가락 열 개를 모두 펼쳐 보였다.

동료들 열 명이 모두 스며들었다는 말이다.

유한성도 미미하게 고개를 끄덕인 후 입을 열었다.

"환대 감사합니다. 그 마음, 내일 아침부터 시작될 훈련 때도 변치 않길 바랍니다."

내일부터 당장 피나는 훈련을 하겠다는 말이었다.

"하하! 처음부터 너무 겁주는 것 아닙니까?"

누군가 대꾸를 했고 이곳저곳에서 맞장구를 치는 소리들이 들렸다.

"겁나는 인간들이 모래알같이 득실거리는 곳이 강호니까."

유한성은 다시 한마디를 하고는 이곳의 총책임자인 백부 유세진이 있는 곳으로 사라졌다.

"이젠 죽었군."

누군가 푸념을 했다.

"다들 자기 같은 줄 알고 그렇게 훈련을 시키면 어떡하지?"

유한성이 어떤 수련을 해서 저런 고수가 되었는지 대충 들은 사람들의 얼굴들이 서서히 굳어졌다.

"그럼 모두 열흘도 못 버티고 쓰러질걸."

누군가 말을 받았다.

"차라리 돌아갈까?"

"갈 때 말해. 같이 가게."

"나도!"

긴장된 기분을 풀려는 듯 실없는 농담들도 흘러나왔다.

"이제 선남선녀들끼리 어울려 희희낙락하던 꿈같던 시절은 다 끝났구나. 죽기 전에 술이라도 실컷 마셔두자. 화주 열 병까지는 내가 책임진다."

청년 하나가 제안을 하자 모두 와아! 고함을 지르며 그를 따라갔다.

"고생했다. 친구도 구하고 투자도 받았다는 얘기는 대충 들었다."

유세진이 만면 가득 미소와 함께 유한성을 반겼다.

그 친구가 남자가 아니라 어린 시절 인연을 맺었던 여인이라는 것과, 그 여인이 한번 보면 눈을 뗄 수 없을 정도로 미인이라는 것도 들었다.

그 여인을 구했으니 유한성은 더 이상 밖으로 나돌지 않고 이곳이나, 가문에 버티고 있을 것이라는 사실이 우선 기뻤다.

그 사실도 기뻤지만 더 가슴을 뛰게 만든 것은 유한성으로 인해 하남의 상단주들이 가문에 막대한 금액을 투자했다는 소식이었다.

극비로 전해져 내용은 짤막했지만 그 금액이 엄청나다는 걸 알았기에 유세진은 절로 마음이 들떴다.

그 금액이면 타격대를 이끌어가는 데 손톱만큼의 애로도 없을 것이고 더 나아가 몇 배로 더 키울 수도 있다. 또한 가문은 가문대로 더 크게 성장할 발판을 마련할 것이다.

"백부님께서도 고생이 많으셨습니다."

유한성이 대꾸했다.

"아무리 그래도 너만 하겠느냐. 그리고 이제 네가 왔으니 내 고생은 끝난 게 아니겠느냐. 하하!"

유세진은 호쾌하게 웃었다.

"그런데 할머님께서 널 곱게 보내주시더냐?"

유세진은 궁금증이 이는 표정으로 물었다.

유한성에 대한 할머니 연화 대부인의 사랑이 어떤지 잘 아는 유세진으로서는 귀가 후 사흘 만에 다시 이곳으로 출발한 것이 신기했다.

"증조할머님의 관심은… 이제 다른 사람에게로 가 있습니다."

유한성은 고소를 삼키며 말했다.

연화 대부인은 지금 온통 하수린에 관심을 쏟느라 유한성은 잊어버린 듯했다.

"네가 구해 왔다는… 여인 말이냐?"

유세진도 이곳에 먼저 도착한 성권일 등에게 들었는지 미소와 함께 말했다.

유한성은 입맛을 다시며 고개를 끄덕였다.

"하하하! 어쩌다 네가 할머님께 찬밥 신세가 되었느냐. 하하하하!"

유세진이 대소를 터뜨렸다.

지금 할머님이 유한성이 데리고 온 여인에게 어떻게 하고 있을지 뇌리 속에 훤하게 그려졌기 때문이다.

유세진의 짐작대로 유한성이 가문에서 지낸 사흘 동안 연화 대부인은 하수린을 불러다 놓고 하루 종일 얘기를 나누었다.

나날이 건강해져 가는 하수린은 조금도 피로한 기색 없이 연화 대부인과 담소를 나누었다.

담소의 대부분은 유한성의 어린 시절 얘기였다.

그러나 하수린으로부터 유한성의 기막힌 어린 시절 애기를 세세하게 들은 후 연화 대부인은 통곡성을 터뜨렸다.

열네 살 때 어머니를 여읜 후, 사고마저 당해 시력을 잃어 스물이 다 되어서야 가문을 찾은 것으로 단순하게 알고 있던 연화 대부인었다.

하지만 그 단순하게 전한 말 속에 얼마나 기막힌 사연들이 스며 있는지 알게 되자 통곡을 멈출 수가 없었다.

연화 대부인은 유한성이 지금 같은 고수가 된 것은 손자 유세연의 피를 이어받아서 그런 것이라 생각했는데 그것만이 아니라는 것을 알게 되었다.

처절한 수련과 그것을 받쳐 준 철혈의 성정!

유한성의 그런 성정은 어쩌면 아비 유세연보다는 얼굴은 물론 이름도 모르는 그의 어미를 더 많이 닮은 것 같다는 생각도 들었다. 외모 역시 어미를 더 많이 닮아 처음 보았을 때도 손자 유세연의 핏줄이라는 걸 바로 확신하지 못했다는 생각도 했다.

연화 대부인의 통곡성을 듣고 달려온 유검가 사람들도 그 애기를 듣고 연신 한숨을 터뜨리며 눈물을 흘렸다.

평소 말이 없어 신비고수를 사부로 두고 절정고수의 반열에 오른 줄 알았는데 하수린과의 약속을 지키기 위해 열네 살 때부터 죽음의 수련을 한 것이다.

어쨌든 하수린으로 인해 유한성에 대해 훨씬 더 깊게 알게 된 유검가 사람들은 유세연에게 하던 것 이상으로 유한성에게 깊은 애정을 쏟았다.

그러나 바람의 운명을 타고난 유한성은 가문에서 사흘밖에 머무르지 못하고 허창으로 달려왔다. 무너진 장현방에 다른 놈들이 들어서며 허창의 분위기가 심상치 않았던 것이다.

"할머니는 그렇다 치고… 큰형님께서도 널 쉽게 보내주려 하지 않았을 것인데?"

유세진은 다시 의구심 어린 표정으로 물었다.

"무슨 말씀이신지?"

유한성이 되물었다.

"너하고 비무를 하고 난 후 며칠 동안 연공실에서 두문불출하셨다고 들었다. 그리고 그곳에서 나온 후 널 애타게 기다렸다고 했다. 널 다시 만났으니 하루 종일 비무를 하자고 하셨을 게 뻔하지 않느냐."

"집에 도착하자마자 비무를 하긴 했습니다."

유한성이 답했다.

"그, 그래서?"

유세진이 안광을 빛내며 물었다.

자세히는 몰라도 유한성과의 비무 후 큰 성취가 있었다고 들었다. 그 성취가 얼마만큼인지, 또 지금은 어떤지 궁금하기 짝이 없었다.

"지금쯤이면… 백부님께서는 십성을 넘어섰을 것입니다."

유한성이 조심스럽게 답했다.

"그, 그게 정말이냐? 정녕 그러하냐?"

유세진이 튀듯이 일어서며 고함을 질렀다.

유한성은 말없이 고개만 끄덕였다.

두 번째 비무를 하기 전에 이미 십성의 문턱에 있던 유세천이었다. 굳이 말은 하지 않았지만 그건 확연히 느낄 수 있었다. 설사 유한성이 무인이 아니라도 유세천의 표정에 나타난 희열의 기운만으로도 알 수 있을 정도였다.

"와하하하하!"

유세진은 마치 자신이 십성의 벽을 뚫은 것처럼 광소를 터뜨렸다.

정주유검가에서 대체 얼마 만에 십성의 고수가 탄생한 것인가?

가문의 모든 사람이 이 순간을 얼마나 기다렸던가?

가문이 창건한 이래 단 두 명밖에 이루지 못한 십성의 경지!

백오십 년 만에 그 십성의 고수가 다시 탄생한 것이다.

그리고 이젠 훌륭한 길잡이가 있으니 다른 사람들도 줄줄이 십성에 도달할 수 있을 것이다.

"정말 기쁘구나. 정말 자랑스럽다. 하하하하!"

유세진은 실성한 사람처럼 계속해서 광소를 터뜨렸다.

무슨 일인가 싶어 밖에서 사람들이 다가오는 소리가 들렸지만 그는 아랑곳하지 않고 대소를 터뜨렸다.

한참을 웃던 유세진은 웃음을 멈추고 창밖으로 시선을 돌렸다.

"세연아……."

유세진은 나직하게 막냇동생의 이름을 불렀다.

동생은 죽어서도 가문을 잊지 않고 분신을 보내어 가문을 돌보게 했다.

"장현방에는 어떤 자들이 진을 치고 있습니까?"

유세진이 조금 냉정을 찾았을 때 유한성이 조심스럽게 물었다.

그때 장현방의 놈들은 모조리 무너뜨리고 쫓아버렸다.

좀 심하게 손을 썼기에 그놈들이 용기를 내어 다시 돌아오진 않았을 것이다. 아마도 장현방을 조종하여 진성무관을 무너뜨리려 한 놈들이 틀림없다.

그리고 그놈들은 그때의 장현방도들과는 비교가 안 되는 놈들일 것이다.

"지금으로서는 알 수가 없다. 타격대 청년들이 스스로 척후조를 만들어 보냈는데 돌아오지 않았다. 그래서 한때는 모두 나서서 놈들을 쳐야 한다며 난리가 난 걸 겨우 가라앉힌 상태다."

막냇동생 유세연 생각에 눈꼬리에 맺힌 눈물을 찍어낸 유세진이 표정을 굳히며 답했다.

"그렇군요."

유한성은 더 이상 질문을 하지 않고 고개만 끄덕였다.

척후조로 떠난 그들은 죽었거나 포로로 잡혀 있을 것이다.

장현방과는 확실히 다른 놈들이라는 것이 다시 느껴졌다.

"알겠습니다. 놈들에 대해서는 다른 식으로 알아보기로 하지요."

"무슨 복안이라도 있느냐?"

유세진이 긴장한 표정으로 유한성을 쳐다보았다.

가주 유세천을 뛰어넘는 유한성이라면 충분히 대처할 방법이 있을 것이다.

"없다면 만들어야지요."

유한성은 고개를 숙인 후 유세진의 처소를 벗어났다.

＊　　　＊　　　＊

눈이라도 내릴 듯 구름이 잔뜩 낀 밤은 칠흑처럼 어두웠다.

인가가 보이지 않는 산속이라 더욱 그랬다.

그 칠흑의 숲 속을 일단의 인영이 소리없이 움직이고 있었다.

낙엽이 깔린 숲 속은 낮이라도 온통 버석거리는 소리가 날 터인데 인영들은 미세한 소음만 일으키며 앞으로 나아가고 있었다.

흡사 다람쥐처럼 날렵한 움직임이었다.

무인들이라면 절정을 바라보거나 넘어선 수준이었다.

그렇게 얼마나 전진했을까, 저 멀리서 불빛이 보였다.

"쉿!"

누군가 짧게 바람 소리를 내자 모든 움직임이 일시에 멈췄다.

"여기서부터는 극히 조심해야 하오. 세 명씩 흩어져서 이동하여 약속한 곳에서 모입시다."

낮은 목소리가 울렸다.

"알겠습니다."

짤막한 대답이 이어지며 일단의 움직임이 몇 개로 나뉘어져 불빛이 있는 쪽으로 나아갔다.

잠시 후 나눠졌던 움직임이 한 곳으로 모였다.

그곳은 높은 목책의 아래였다. 인원은 모두 열세 명이었다.

유한성과 사진용 남매, 그리고 오성상단 지부에서 타격대로 스며든 열 명의 청년이었다.

"도둑놈 소굴답지 않게 보초가 촘촘히도 깔렸네요."

사진혜가 목소리를 낮춰 말했다.

그녀의 말대로 옛 장현방 자리에는 목책이 훨씬 높고 촘촘해졌으며 횃불도 곳곳에 밝혀져 있었다. 또한 보초들도 십 장 간격에 한 명 꼴로 서서 엄중하게 경계를 하고 있었다.

"스며들 수 있겠소?"

유한성이 열 명 중 가장 나이가 많은 용태진에게 물었다.

"우릴 너무 무시하는군요."

용태진이 씨익 웃으며 답했다.

"그럼 외곽 보초는 건드리지 말고 스며들어 저 안쪽 횃불이 한 개밖에 없는 건물 아래에서 봅시다."

그 말과 함께 유한성의 신형은 촛불이 꺼지듯 그 자리에서 꺼졌다.

"대체 얼마나 공력이 는 거야?"

사진혜가 고개를 흔들었다.

유한성의 움직임은 은신술이 아니라 시선조차 따라가지 못할 극한의 빠르기로 공간을 이동해 버린 것이다.

그야말로 번쩍하고 이곳에서 사라졌다 저곳에서 솟아나는 방식이었다.

"우리도 어서 가."

사진용의 신형이 어둠 속으로 녹아들었다. 사진혜 역시 그와 같은 방식으로 어둠 속으로 사라졌다.

"아찔한 사형제들이군."

용태진 옆에 있던 전학겸이 혀를 내둘렀다.

은신술에 있어서는 사진용 남매를 따라갈 수 없었기 때문
이다.

"조심해서 스며들도록!"

용태진이 낮은 소리로 주의를 준 후 어둠 속으로 사라졌다.

다른 청년들도 하나둘씩 그 자리에서 사라졌다.

팟!

미세한 소음과 함께 한 사내가 그 자리에서 뻣뻣하게 굳었
다.

사내는 목덜미에 손을 가져가려 애를 썼지만 굳은 몸이 말
을 듣지 않고 바닥으로 무너졌다.

사내의 신형이 바닥에 닿기도 전에 그림자 하나가 사내를
잡아채 어둠 속으로 사라졌다.

'누, 누구?'

사내가 필사적으로 입을 움직였지만 그 목소리는 입안에
서만 맴돌았다.

파파팟—

지풍으로 장현방 사내 하나의 혈도를 봉해 사로잡은 사진
용은 사내의 가슴 혈 몇 곳을 두드렸다. 뒤이어 턱 아래의 혈
한 곳도 건드렸다.

사내는 여전히 꼼작도 못한 채 아혈만 조금 트였다.

"누구시오?"

사내가 모기소리만 한 목소리로 물었다.

혈이 다 트이지 않았기에 그렇게밖에 소리가 나오지 않았다.

"그건 알 것 없고. 며칠 전 이곳을 정탐하러 왔던 청년들은 어디 있지?"

사진용이 사내의 목에 소도를 들이대며 물었다.

사내가 눈알을 굴렸다.

자신으로서는 아는 바가 없는 질문이었다.

"난, 모르오."

사내가 두려움에 질린 눈으로 말했다.

하나같이 숨이 턱턱 막히는 기도를 가진 자들이었다. 또한 칼날 같은 예기를 풍기기도 했다. 이런 자들이라면 손가락 하나만으로도 목숨을 끊을 수 있을 것이다.

"그럼 누가 알지?"

사진용이 다시 물었다.

"그것마저 모르면 죽은 목숨이다."

전학겸이 손바닥으로 사내의 천령개를 지그시 누르며 덧붙였다.

"그, 그건……."

사내는 필사적으로 머리를 굴렸다.

며칠 전 외곽을 순찰하던 동료들이 누군가를 잡아서 끌고 왔다는 말을 들은 것 같다. 그냥 인근 약초꾼들이나 나무꾼들인 줄 알았는데, 그들일지도 몰랐다.

"내당 적룡각으로 가면 알 만한 사람들이……."

"적룡각이 어디지?"

사진용이 물었다.

"왼쪽 세 번째 건물……."

"만약 거짓말이면 되돌아와서 죽이고 가겠다."

사진룡은 조금 틔워주었던 사내의 아혈을 완전히 점하고 수혈마저 짚었다.

"갑시다."

상단에서 온 청년 중 하나인 천이성이 빠르게 움직이려는 순간 유한성이 그의 어깨를 잡았다.

"누가 다가오고 있소."

유한성이 낮게 경고했다.

용태진 등이 눈을 둥그렇게 뜨고 사방을 두리번거렸다.

자신들로서는 전혀 기척을 느끼지 못한 때문이었다.

잠시 후 미세한 발소리와 함께 중년 사내 하나가 건물을 돌아 나왔다.

자연스럽게 걷는 것 같은데도 발소리가 거의 들리지 않는 것으로 보아 고수였다.

'들킬 뻔했군.'

천이성이 마른침을 삼켰다.

무턱대고 사로잡은 놈이 가리킨 건물로 향했다가는 저 중년인에게 속절없이 들켜 사전에 발각되었을 것이다.

'그런데 어떻게 알았지?'

천이성은 유한성을 쳐다보았다.

저 먼 거리에서, 그것도 건물 뒤에 가려 있는 사람을 감지하는 것은 아무리 고수라도 힘든 일이었다.

'엇!'

천이성은 경호성을 삼켰다

유한성이 그 자리에서 사라져 버린 것이다.

다시 돌아온 유한성의 팔에는 중년인이 들려 있었다.

중년인은 아직도 뭐가 어떻게 된 일인지 모르겠다는 듯 눈만 끔벅였다.

잠시 후 중년인의 눈에서 불꽃이 튀었다.

자신이 너무 간단하게 이런 처지가 된 것이 도저히 용납이 안 되는 모양이었다. 그러나 이미 혈도가 점해져 움직이는 것은 물론 입도 열지 못했다.

타타탁—

유한성은 아무 말 없이 중년인의 혈을 짚었다.

사부 한조산이 살막의 살수들을 처음 만났을 때 했던 폐혈수법이 펼쳐지며 지독한 성격의 살막주 사철해마저 굴복시킨 극통이 중년인에게 전해졌다.

잠시 후 중년인의 눈에 죽음의 공포가 어렸다.

아무런 이유 없이 당하는 고통은 공포를 몇 배로 가중시킨다.

무슨 질문이라도 하고 나서 그렇게 한다면 마음의 각오라도 하겠지만 그런 준비도 하기 전에 당하는 고통이기에 이용 가치가 없다면 그냥 죽일 것 같다는 생각만 들었다.

사내의 입에서 게거품이 흘러나왔다.

그러나 유한성은 해혈을 해주지 않고 주변만 살폈다.

"오라버니, 이러다 죽어요."

보다 못한 사진혜가 유한성의 팔을 흔들었다.

유한성이 차가운 눈으로 중년인을 내려다보았다.

중년인의 눈에 완벽한 복종의 빛이 넘쳐흘렀다.

타다닥—

유한성은 비로소 해혈을 해주고 아혈을 조금 틔웠다.

"으으으으—"

중년인은 정신 나간 인간처럼 오장육부에서 흘러나오는 비명을 토했다.

"사로잡은 청년들은 어디에 있지?"

유한성이 서릿발 같은 음성으로 물었다.

중년인의 고강한 무공으로 보아 필시 수뇌부의 한 사람이고 그 사실도 잘 알고 있을 터였다.

"저쪽 세 번째 건물 둘째 방 지하에……."

중년인은 혹시라도 자백할 기회를 잃을까 공포에 질린 얼굴로 쾌속하게 답했다.

탁탁—
유한성은 중년인의 아혈을 다시 짚었다.
"이젠 갑시다."
유한성이 몸을 일으켰다.

검마룡(劍魔龍)
第七十五章

“와하하하!”

정가장의 식당에서 고함 소리가 왁자하게 흘러나왔다.

정호회 타격대 청년들이 모인 술자리에서 흘러나오는 소리였다.

저잣거리의 주루에서 술을 진탕 마신 것도 모자라는지 그들은 사 들고 온 술을 이곳 식당에서 다시 마시고 있었다.

밤이 깊어 새벽으로 치닫고 있었지만 술자리는 끝나지 않고 오히려 무르익었다.

내일부터는 필시 목에서 단내가 날 정도로 훈련을 받을 것이니 편한 술자리는 오늘이 마지막이라는 생각에 모두 배가 터져라 마셔댔다.

"정말 내일 저녁에도 우리 대주 얼굴이 반가울까?"

청년 하나가 혀 꼬인 소리로 소리를 질렀다.

"그야 모르지. 말만큼 훈련이 고되지 않을 수도 있고."

후덕한 인상의 청년이 빙글거리는 얼굴로 답했다. 낙천척인 성격의 그는 내일은 어떻게 되더라도 오늘 이 자리가 즐거운 것이다.

"바랄 걸 바라시오. 그 갈아놓은 칼 같은 기운이 감도는 얼굴을 보고도 그런 소리가 나오는 거요."

다른 청년이 고개를 저으며 말했다.

"그래도 난 그 얼굴이 너무 마음에 들어요. 난 아마 열흘 후까지는 반가울 거야."

술기운에 볼이 발갛게 물든 소녀 하나가 혀 꼬인 소리로 말했다.

"난 아무리 혹독하게 훈련시켜도 한 달은 반가울 거야. 요즘 세상에 그런 남자가 어디 있어. 열네 살밖에 안 된 나이에 한 약속을 지키기 위해 그런 삶은 살 수 있다는 것은 도저히 믿어지지가 않아. 아직도 꾸며낸 거짓말 같아."

다른 소녀가 몽롱한 눈빛으로 말하며 술을 한 잔 쭈욱 들이켰다.

"그럼 내가 거짓말쟁이란 말이야?"

송자영이 목소리를 높였다.

그녀도 오늘은 수련을 중단하고 술에 빠져들고 있었다.

"언닌… 그런 말이 아니잖아요."

소녀가 송자영을 향해 눈을 흘겼다.

"그래요. 나도 안 믿어져요."

다른 여인도 맞장구를 쳤다.

"하긴… 나도 안 믿어지는걸, 뭐."

송자영도 고개를 끄덕였다.

그렇게 누구 할 것 없이 마음껏 술을 마셨다.

마지막 술이라는 의미도 있었고, 극강의 고수인 유한성이 자신들의 대주직을 맡아 기분이 좋은 때문이기도 했다.

"야! 여기 술 다 떨어졌다. 더 가져와!"

누군가 고함을 질렀다.

"더 가져오는 건 문제가 아닌데… 아무리 냉혈대주라 하더라도 오늘 이런 자리에는 참석해야 하는 것 아닌가?"

잔뜩 주기가 오른 청년 하나가 비틀거리며 일어서서 고함을 질렀다.

"옳소!"

"맞아. 신고식도 겸해 오늘 같은 날은 참석해야지."

"옳소. 당장 데려오시오."

이곳저곳에서 호기로운 고함 소리가 터져 나왔다.

"그러잖아도 아까 찾아갔는데 없더라구. 그래서 장원을 다 뒤졌는데도 안 보이고……."

소가장주의 아들 소명윤이 입맛을 다셨다.

"장원 안에 없어요? 오자마자 또 어딜 갔단 말인가요?"

유검가 목검대주의 장녀 목인화가 어이없다는 표정을 지었다.

바람처럼 왔다가 바람처럼 사라진 것이 벌써 몇 번짼가?

유검가에서 만난 후 지금까지 한 곳에서 열흘을 제대로 거하지 못했다.

오늘 역시 오자마자 어디로 사라진 것이다.

"언니 말대로 역시 바람이야. 호호!"

이젠 이곳의 주인이 된 정지연도 어이없는 웃음을 토했다.

"어? 내가 헛것을 본 건가, 아니면 소명윤 공자가 잘못 안 건가?"

창문 쪽에 앉은 청년 하나가 창밖을 쳐다보며 말했다.

"무슨 소리요?"

안쪽에 앉은 청년이 물었다.

"큰 키에, 갈아놓은 칼같이 멋대가리 없는 모습이… 우리 대주가 맞는데?"

창문 쪽의 청년이 말하자 안쪽의 몇몇 청년이 창가로 다가왔다.

"맞아! 대주다. 그런데 저들은……?"

"아악!"

소녀 하나가 비명을 질렀다.

“뭐야? 왜 그래?”

놀란 청년들이 우르르 몰려왔다.

“오라버니!”

비명을 지른 소녀가 목이 찢어져라 고함을 지르며 식당 밖
으로 뛰어 나갔다.

“척후조다!”

“사라졌던 척후조가 돌아왔다!”

다른 청년들도 고함을 질렀고 모두 소녀를 따라 바람처럼
밖으로 나갔다.

“엉엉! 오라버니!”

제일 먼저 달려나갔던 소녀가 한 청년을 잡고 대성통곡을
했다.

그녀는 조향미(趙響迷)라는 소녀로 사촌오빠 조정평(趙丁
平)과 함께 이곳으로 왔다가 며칠 전 척후조로 떠났던 조정평
이 돌아오지 않자 하루를 일 년같이 보내고 있던 중이었다.

“모두 무사했구나. 정말 다행이다.”

일곱 명이 모두 돌아온 것을 본 청년들이 그들의 손을 잡고
어깨를 두드리며 고함을 질렀다. 그러나 혹독한 고초를 당한
청년들은 조정평 혼자만 겨우 몸을 추스를 정도고 다른 여섯
은 아직 의식을 차리지 못한 채 청년들에 업혀 숙소로 들어갔
다.

“어떻게 된 거요? 대체 어디에 있었던 거요?”

청년 하나가 조정평을 보고 물었다.

“놈들에게… 잡혔소. 보통 고수들이 아니었소.”

아직도 자신이 이곳에 있다는 것이 믿어지지 않는 듯 어리둥절한 표정을 하던 조정평이 억눌린 목소리로 말했다.

“장현방 놈들에게 잡혀갔단 말이오?”

누군가 목소리를 높였다.

“그렇소. 접근도 제대로 하기 전에 단 한 사람에게 모두 제압당했소. 옛날의 놈들이 아니오.”

조정평이 이를 갈며 답했다.

“그런데 어떻게?”

송자영이 물었다.

“저 사람이…….”

늦게 타격대에 참여해 유한성에 대해 알지 못한 조정평이 숙소로 돌아가는 유한성을 향해 턱짓으로 가리켰다.

“대주가… 대주가 구해왔단 말이오?”

청년 하나가 고함을 질렀다.

“대주?”

조정평이 눈동자를 굴렸다.

“그렇다네. 이제껏 우리가 기다린 그 사람이네.”

조금 나이 든 청년의 대답에 조정평의 표정이 몇 번 변했다.

“미처… 몰랐소.”

조정평이 이젠 완전히 긴장이 풀렸는지 자리에 주저앉았다.

“오라버니!”

조향미가 고함을 질렀다.

“나중엔 우리 편인 줄 알았지만… 처음엔 지옥혈귀인 줄만 알았소. 그래서… 우리를 지옥으로 끌고 가는 줄 알았소.”

조정평이 바닥에 앉은 채 중얼거렸다.

피아가 구별되지 않는 상황에서 가차없이 휘둘러지는 검과 자욱한 피보라만 기억에 남았다. 그 검과 피보라를 보며 유한성이 정호회 타격대 사람일 거라고는 꿈에도 생각하지 못했다.

지옥혈귀의 검에서 튀어오른 피를 뒤집어썼는지 조정평의 몸에서는 아직도 피 냄새가 진동을 했다.

넓은 후원 마당에 잠시 동안 정적이 흘렀다.

“내일부터… 진짜 죽었다.”

누군가 나직하게 중얼거렸다.

“나 집에 갈래.”

한 달은 반가울 것이라고 말한 소녀가 울상을 지으며 말했다.

“여기 놀러왔어?”

송자영이 빽 하고 고함을 질렀다.

소녀가 자라목처럼 목을 움츠렸다.

"내일은 내일이고… 아직은 오늘의 연장이니 대주… 님 옷 갈아입으면 모셔와서 같이 한잔하자고. 지금부터는 내가 쏘지."

타격대 청년 중 제일 나이 많은 장하동(張荷東)이 깍듯이 대주님이라 칭하며 경직됐던 분위기를 녹였다.

"맞아! 죽을 때 죽더라도 술은 마저 마셔야지. 척후조가 귀환했으니 대주님과 함께 마음 놓고 마셔야지."

다른 청년이 상기된 목소리로 고함을 질렀다.

"마시자!"

"마시고 죽자!"

술을 마시면서도 척후조로 가서 돌아오지 않은 동료의 부재가 목에 가시처럼 걸렸던 청년들이 우레 같은 고함을 지르며 잔을 들어 올렸다.

＊　　　＊　　　＊

투투투투툭!

아직 날이 다 밝지 않은 시간, 팔 다섯 개가 허공으로 떠올랐다가 바닥으로 떨어졌다.

장현방의 외곽을 순찰하던 보초 다섯의 팔이었다.

그들은 초기에 침입자들을 발견하지 못한 책임을 물어 참혼대(斬魂隊)의 대주인 파령마(破靈魔) 장설도(張設倒)가 가차 없이 팔을 자른 것이다.

"크윽!"

"큭!"

다섯 사내의 입에서 억눌린 비명 소리들이 터져 나왔다. 그러나 그것뿐, 사내들은 더 이상 신음을 흘리지 않고 서 있었다.

그런 모습으로 보아 그들이 평소 얼마나 극한의 훈련을 받았는지 짐작이 되었다.

"지혈해!"

파령마 장설도가 짤막하게 지시하자 사내들이 급히 혈을 봉하고 지혈을 했다.

"너무 과한 처사라 생각하나?"

파령마가 싸늘한 눈으로 참혼대 사내들을 쳐다보며 말했다.

지금은 비록 산적 무리들의 거처인 이곳 산채에 스며들어 산적처럼 위장해 보초를 서고 있었지만 그들 참혼대 오십 명은 산적들과는 비교도 되지 않는 최정예 대원들이었다.

모두 고수의 반열에 오른 자들이었고 운남성 접경지의 군문에서 백전을 치른 노장들이었다.

그런데 그들이 낌새도 못 채고 인질들을 놓친 것이다.

그들이 태만하거나 실수를 한 것은 아니다. 스며든 놈들이 그들보다 훨씬 더 고수였던 것이다. 하지만 문책은 피할 수 없었다. 그래서 읍참마속의 심정으로 다섯 부하의 팔을 자른 것이다.

"아닙니다. 모두 저희의 불찰입니다."

참혼대원들이 이구동성으로 답했다.

"자고로 전투에서 패하는 것은 용서가 되어도 초병의 임무에 실패하는 것은 절대로 용납이 안 되는 법이다."

참혼마 장설도가 조금은 누그러진 목소리로 말하며 구석 쪽에 서 있는 사내의 눈치를 흘끔 살폈다.

사내는 느긋하게 팔짱을 낀 채 벽에 기대어 서 있었다.

이따금씩 팔짱을 풀고 손에 있는 육포를 입에 던져 넣는 것 빼고는 처음부터 그 자세 그대로였다.

그는 낙양의 백화루에서 백의 미공자가 내린 지시에 따라 며칠 전에 이곳에 합류한 검마룡(劍魔龍) 초동우(焦桐祐)였다.

"쩝! 쩝!"

검마룡 초동우는 참혼대주 장설도의 조치에 별 불만이 없는지 부지런히 육포를 씹었다.

"그리고 너!"

장설도가 또 다른 사내 하나에게 고함을 질렀다.

보초를 섰다가 팔이 잘린 사내들과는 달리 그는 중년인이었다.

유한성에게 잡혀 폐혈수법에 고통을 참지 못하고 포로들

이 있는 곳을 발설한 사내였다.

"대체 어떤 놈이었기에 반항 한번 못하고 당했단 말인가?"

장설도가 낮게 으르렁거렸다.

"주겨… 주……."

중년인 말을 하려고 안간힘을 썼지만 제대로 발음이 되지 않았다.

아직도 그의 입에서는 침이 질질 흘러내리고 있었다.

유한성이 펼친 폐혈봉맥 수법이 제대로 풀리지 않은 것이다.

폐혈봉맥 수법은 고수일수록 고강하다.

고수의 강한 진기가 흘러들어 점해진 혈은 그에 버금가는 진기를 흘려 넣어야 제대로 풀린다. 이젠 이 갑자를 넘어선 유한성의 내력이 스며든 폐혈봉맥 수법을 이곳에서는 누구도 제대로 풀지 못한 것이다.

"병신 같은 놈!"

답답해 미칠 지경인 장설도가 중년인을 걷어찼다.

살아 있는 놈들 중 침입자들의 얼굴을 제대로 본 놈은 중년인이 유일한데 말을 못하니 환장할 일이었다.

우당탕!

허공으로 날아간 중년인이 검마룡 초동우가 기댄 옆쪽 벽에 부딪쳐 바닥으로 떨어졌다.

"쩝! 쩝!"

검마룡 초동우는 바닥에 뒹구는 중년인은 쳐다보지도 않고 계속 육포만 씹어댔다.

장설도의 얼굴이 살짝 찌푸려졌다. 그러나 본단에서 특별히 내려보낸 고수인 초동우에게 함부로 대할 수는 없었다.

"아직도 혈이 풀리지 않은 것이냐?"

장설도가 혹여 날아가 벽에 부딪친 충격으로 중년인의 혈이 풀리지는 않았나 하는 심정으로 물었다.

"주, 주겨……."

중년인은 계속 같은 발음만 반복했다.

"미치겠군! 이 병신… 저리 치워!"

장설도가 발작적으로 고함을 질렀다.

그러자 밖에서 대기하고 있던 부하들이 우르르 안으로 들어왔다.

그때 벽에 상체를 비스듬히 기대고 섰던 초동우가 슬며시 몸을 바로 세웠다.

"육포가 떨어졌군!"

초동우가 낮게 중얼거리며 몇 걸음 앞으로 걸어 나왔다.

그러자 자연스럽게 중년인을 데리러 온 사내들 앞을 막아서는 자세가 되었다.

사내들이 주춤거리며 장설도를 쳐다보았다.

"어서 데리고 나가!"

장설도가 다시 고함을 질렀다.

“나가도 인간 되긴 틀린 것 같은데…….”

초동우가 피식 미소를 지었다.

“뭐라……?”

장설도의 말이 끝나기도 전에 번쩍! 하고 섬광 한줄기가 일었다.

툭!

어느새 중년인의 목이 떨어져 바닥을 뒹굴었다.

쿵!

뒤이어 목을 잃은 중년인의 몸뚱어리가 피분수를 뿌리며 바닥으로 무너졌다.

“이, 이게?”

장설도의 눈이 찢어져라 커졌다.

그러든 말든 초동우는 다시 몇 걸음을 옮겼다.

번쩍!

아까와 같은 섬광이 다시 터졌다.

다른 것이 있다면 광채가 훨씬 굵고 강하다는 것이었다.

투투투투툭!

팔을 잃고 서 있던 다섯 사내의 목이 동시에 떨어져 내렸다.

뒤이어 그들의 몸뚱어리도 중년인과 마찬가지로 피분수를 터뜨리며 바닥으로 무너졌다.

“개자식!”

멀쩡한 자신의 눈앞에서 펼쳐진 참극에 장설도가 빛살처럼 유성추를 날렸다.

순간, 초동우의 검도 앞으로 뻗어 나왔다.

파앗!

섬광과 함께 유성추가 장설도의 손끝에서 발출되기 직전 초동우의 검첨이 장설도의 목젖에 닿아 있었다.

"이, 이……."

장설도가 부들부들 떨며 이를 갈았다.

"공자께서 말씀하시길… 밥벌레들은 한시라도 빨리 제거하는 것이 교의 재정을 덜 축내는 것이라 했지."

그가 말한 공자란 공맹(孔孟)의 도를 논할 때의 공자가 아닌, 백화루에서 오화를 희롱하던 그 미공자였다.

"또한 공자께서 말씀하시길… 여차하면 참혼대는 나보고 맡으라 하셨지. 하지만 그건 골치 아프니까 참혼대는 계속 당신이 맡으시오. 대신!"

초동우의 눈이 섬뜩한 광채를 뿜었다.

"내 손에서 육포가 떨어지는 일이 없도록 하시길!"

초동우는 중년인을 데리러 온 사내들을 훑어보았다.

사내들이 육포를 구하기 위해 부리나케 달려나갔다.

"시체들 잡고 씨름해 봐야 혈압만 오르는 일이고… 또 분통은 참지 말고 그때그때 터뜨려 버려야 천수를 누릴 수가 있지. 놈들이 어디서 왔다고 했소?"

검을 내려 검갑에 넣은 초동우가 장설도에게 물었다.

장설도가 부러질 듯 이를 갈다가 입술을 움직였다.

"포로로 있던 놈들이 정호회 타격대라 했소. 그러니 구해간 놈들도 그들일 것이오."

"육포도 떨어졌는데 계속 말을 많이 하게 만드는군. 그들이 어디에 있는지만 말하란 말이오."

초동우가 목소리를 높였다.

"진성무관……."

"그러니까 그게 어디에 있느냐 말이오!"

마침내 초동우가 고함을 질렀다.

고함과 함께 그의 검첨이 다시 장설도의 목젖을 누르고 있었다.

언제 빼 들고 언제 휘둘렀는지 모를, 실로 섬전 같은 쾌검이었다.

"이곳에서 남서쪽으로 삼십 리 거리."

장설도가 답했다.

"분통을 계속 삭히며 단명을 하시겠소, 아니면 지금 풀겠소?"

초동우가 딱딱한 어조로 물었다.

"동원령을 내리겠소."

장설도가 고개를 끄덕였다.

"고맙소."

초동우가 빙긋 웃으며 검을 내렸다.

"일각 이내에 무장하고 출동 준비를 하라!"

장설도가 밖을 향해 고함을 질렀다.

"육포도 잊지 마시오."

초동우가 덧붙였다.

*　　*　　*

여명이 밝아오며 서리 맞은 대지가 수묵화처럼 희뿌옇게 빛을 발했다. 그러나 겨울의 새벽 추위 아래에서 세상은 아직 깨어나지 못하고 깊은 잠에 빠져 있었다.

댕댕댕—

새벽의 적막을 무참히 깨뜨리는 경종 소리가 정가장의 외곽 초소 위에서 급박하게 울렸다.

"뭐, 뭐야?"

"무슨 일이야?"

아래쪽에서 보초를 서던 청년들이 고함을 질렀다. 그러나 정호회 타격대 대부분은 잠에 취해 밖에서 무슨 일이 일어났는지도 모르고 코를 골고 있었다. 모두 새벽까지 이어진 술자리 때문에 정신을 못 차리고 있는 것이다.

두두두두—

말발굽 소리와 함께 수많은 사람의 발소리가 뒤를 이었다.

“적이다!”

“모두 깨워!”

내당 보초들이 발작적으로 고함을 질렀다.

“뭐야, 이거?”

검마룡 초동우는 눈살을 찌푸렸다. 그리고 자신이 잘못 찾아온 것이 아닌가 주변을 두리번거렸다.

참혼대가 주둔한 본단에서 포로들을 구해 간 자들은 이곳에 있는 타격대 놈들이 분명했다.

외곽 보초들은 낌새도 못 챌 만큼 소리 없이 스며들어 감옥을 지키는 대원들을 무참하게 베어버리고 포로들을 구해간 솜씨는 놀랄 만했다. 그래서 부쩍 호승심이 일었는데 막상 이곳에 와보니 정말 의외였다.

초소 위에서 경종 소리가 울린 지 한참 지났는데도 전투대형이 이루어지지 않고 있었다. 전투대형은 고사하고 놀라서 뛰어나온 몇 명의 인원도 술이 덜 깬 듯 비틀거리고 있었다.

“여기가 맞나?”

초동우는 뒤를 돌아보며 물었다.

뒤에는 이백 명도 넘는 인원이 정검가를 빠르게 포위하고 있었다.

장현방이 있던 본거지에는 최소한의 인원만을 남겨둔 채 모조리 이곳으로 달려온 것이다. 이들 중 대부분은 산적들과 비슷한 수준이지만 파령대 오십은 일류고수들이었다. 그들 오십이면 작은 문파 하나는 순식간에 쓸어버릴 수가 있었다.

"맞습니다."

참혼대 대원 하나가 답했다.

"그래?"

초동우는 고개를 갸웃거렸다.

인근에 이만한 건물도 없으니 맞는 것 같은데 이렇게 허술할 수가 없었다.

"혹시 다른 데서 포로들을 구해 간 건 아니오?"

초동우는 참혼대주 장설도에게 물었다.

"그럴 가능성은 희박하오."

장설도가 고개를 흔들었다.

여기서 정탐하러 온 놈들이니 여기서 구해간 것이 분명하다.

"거 참!"

초동우는 입맛을 다셨다.

아무리 봐도 너무 허술했다.

조금 뒤에 뛰어나온 놈들은 비틀거리다가 아예 바닥에 쓰러지기까지 했다.

오합지졸도 이런 오합지졸이 없어 보였다.

'그런데도 포로들을 구해 갔다고?'

초동우는 주변을 살폈다.

혹시나 허허실실의 함정이 있지 않나 의심스러워서였다.

'엇!'

기감을 넓혀 주변을 살피던 초동우는 단말마의 경호성을 삼켰다.

바늘로 찌르는 것 같은 한줄기 기이한 느낌!

살기는 아니었다. 그러면서 그 어떤 암기보다 기분 나쁘게 전신을 찔러 들어왔다.

흡사 수만 개의 세침(細針)이 전신혈도를 타고 들어 샅샅이 훑는 것 같았다.

휙!

초동우는 반사적으로 검을 뽑았다.

쨍!

챙!

초동우의 갑작스런 발검에 다른 사람들도 일제히 검을 빼 들었다.

"왜 그러시오?"

눈을 가늘게 뜨고 사방을 살피던 장설도가 초동우를 보고 물었다. 자신은 아무리 살펴보아도 살기나 다른 위험성을 느끼지 못했기 때문이다.

"무언가 내 몸속을 관통하며 살피는 것 같았소. 흡사 절정 고수가 맥문을 잡고 진기를 흘려 넣어 나를 탐색하는 기분이었소."

초동우가 신음처럼 답했다.

“잠을 못 자서 신경과민인 모양이오.”

장설도가 대꾸했다.

그러는 사이 부하들이 정검가 주변을 모두 둘러쌌다.

이젠 쥐새끼 한 마리 빠져나가지 못할 것이다. 이 상태에서 한꺼번에 조여들어 전멸을 시키고 사라지면 일은 끝난다.

참혼대주 장설도가 공격신호를 내리기 위해 손을 들어 올렸다.

“잠깐!”

검마룡 초동우가 소리를 질렀다. 그리고는 이글거리는 눈으로 한 곳을 쏘아보았다.

그곳에서 한 사내가 천천히 걸어오고 있었다.

‘엇!’

초동우는 경호성을 삼켰다.

무언가 혈맥 속에 침투하여 샅샅이 훑고 있는 느낌이 다시 들었다.

살기는 아니지만 살기보다 훨씬 더 기분 나쁜 느낌이었다.

“절정고수……”

파령마 장설도가 비로소 신음을 흘렸다.

유한성이 정수리의 눈으로 살피는 기운은 감지하지 못했지만 자신의 기감으로 읽는 것조차 불가능한 유한성의 기도를 느낀 것이다.

“내가 신호하기 전까지는 공격하지 마시오.”

검마룡 초동우가 단호하게 말했다.

저런 절정고수 앞에서 함부로 움직이는 것은 자살행위다. 흩어지지 말고 전력을 유지하고 있는 것이 최선이다.

초동우은 그만큼 위기의식을 느꼈다.

“알겠소.”

장설도가 고개를 끄덕였다.

그 역시 몸이 오그라드는 느낌에 함부로 움직이고 싶지 않았다. 또한 부하들이 흩어진 상태에서 자신에게 무시무시한 칼날이 고스란히 날아드는 것은 절대 바라지 않았다.

“재미있군.”

장설도에게 다짐을 받은 초동우는 천천히 유한성을 향해 걸음을 옮겼다.

이젠 혈맥을 샅샅이 훑는 것 같은 느낌은 사라졌다. 대신 텅 빈 허공 같은 기운만이 몰려왔다.

그건 기분 나쁜 느낌이 아니었다. 대신 본능적인 두려움을 안겨주는 느낌이었다.

“우리 집에 와서 포로들을 구해 간 사람인가?”

유한성 앞에 선 초동우가 눈살을 찌푸리며 물었다.

절정고수라고 생각했는데 너무 어렸다. 그래서 혼란이 가중되었다.

“원래 이 집에 있던 사람들이었지.”

유한성이 답했다.

"그렇긴 하지. 하지만 우리 집 근처에서 염탐을 하기에 도둑을 예방하는 차원에서 억류해 두었지."

초동우가 고개를 끄덕이며 말했다.

"억류 기간이 너무 길더군."

유한성이 똑같은 어조로 말했다.

"애초부터 안 돌려보낼 생각이었네. 그래서 다시 데려가려고 왔지."

초동우가 입꼬리를 비틀며 미소를 지었다.

입은 웃고 있었지만 눈은 살기를 내뿜는 섬뜩한 미소였다.

"자신있으면 데려가 보시오."

유한성이 차갑게 대꾸했다.

"하하! 너무 급하군. 그래서는 재미가 없지."

초동우가 웃으며 덧붙였다.

"이름이 뭔가? 보아하니 타격대 소속인 것 같은데."

"타격대주 유한성."

유한성은 짤막하게 답했다.

"그렇군. 분위기가 장난이 아니다 싶었는데 역시 이곳 대장이었군."

초동우는 자신의 짐작이 맞았음을 느끼고는 크게 고개를 끄덕였다.

"난 초동우라 하네. 장현방에서 왔지."

초동우도 자신을 소개했다.

"장현방 이전에는?"

유한성이 물었다.

"그건 곤란하다네. 자네도 사문과 사부가 누군지 가르쳐 주지 않을 것이 아닌가?"

초동우가 고개를 가로저었다.

"조만간 알게 되겠지."

유한성이 고개를 끄덕거렸다.

놈들은 낙양의 상단주들이 말한, 중원 곳곳에서 물을 흐리고 있는 무리일 것이다. 또한 얼마 전에 유검가의 담을 넘은 복면인들과 같은 무리일 것이다.

그들의 목적이 무언지는 몰라도 이렇게 노골적으로 나타난 것으로 보아 조만간 그 정체를 드러낼 것이 분명하다.

"그렇지. 자네 정체 역시 조만간 알게 되겠지. 날카로운 송곳일수록 주머니 속에 오래 감추기 힘들지."

초동우도 고개를 끄덕였다.

"모두 배치됐습니다, 대주!"

낙양의 상단주들이 보낸 열 명의 그림자 중 수장격인 용태진이 달려오며 말했다.

지난 밤 타격대 대부분이 술독에 빠졌지만 용태진 등 열 명과 하수린을 구하러 갈 때 동참했던 세 명, 그리고 다른 청년 중 제일 실력이 나은 스무 명 정도는 운기조식으로 술을 깨게

해서 혹시 모를 상황에 대비를 시켜 놓았다.

그들이 선두에 나서서 전열을 이끌 것이다. 그 외 다른 사람들은 멀쩡하든 술이 덜 깼든 별 차이가 없다.

"수고했소. 섣불리 움직이지 말고 전열을 유지하시오."

유한성은 초동우가 했던 것과 같은 명령을 내렸다.

초동우와 그 옆에 있는 중년인은 절정고수였다. 그리고 바로 뒤에 있는 오십 명 정도는 상단에서 온 청년 열 명 수준이었다. 그들은 용태진 등 열 명과 술을 깨고 대비했던 다른 사람들이 합세하면 한동안은 막을 수 있었다.

"결국은 우리 두 사람, 아니, 세 사람의 싸움인가?"

초동우도 전세파악이 되었는지 고개를 끄덕이며 말했다.

"둘이 한꺼번에 덤비겠소?"

유한성이 초동우의 자존심에 불을 질렀다.

"이런 건방진……."

참혼대주 장설도가 금방이라도 달려들 듯 으르렁거렸다.

"어설픈 격장지계는 쓸 필요 없네. 난 내 먹잇감을 남에게 양보한 적은 단 한 번도 없으니까."

초동우가 다시 입꼬리를 비틀며 웃었다.

"후회할 텐테?"

유한성도 차갑게 웃으며 초동우를 쳐다보았다. 그리고는 아까처럼 의도적으로 강한 기운을 펼쳐 초동우의 내부를 살폈다.

놈의 내부에 흐르는 기이한 기운!

그것을 파악하기 위함이었다.

놈의 단전에는 지극히 이질적인 기운이 내재되어 있었다.

백부 유세천의 말대로 이제껏 겪어보지 못한, 원류를 파악하기 힘든 기운이었다.

마치 이글거리는 불길을 붙잡아 놓은 것 같은 느낌이었다.

그것이 터져 나오면 또 어떤 모습일지 궁금했다.

아무런 특징을 남기지 않고 아버지 유세연의 가슴에 구멍을 낸 것과 같은 기운일지, 아니면 전혀 다른 기운일지 아직은 분간이 되지 않았다.

그건 격렬한 싸움과 함께 부딪쳐 보면 알 것이다.

'뭐야, 이거?'

초동우가 다시 눈살을 찌푸렸다.

수많은 세침이 땀구멍을 통해 혈맥으로 스며들어 곳곳을 누비는 느낌이 다시금 전해졌기 때문이다. 그러나 여전히 참혼대주 장설도는 아무것도 느끼지 못한 채 콧김만 내뿜고 있었다.

'제법이군!'

초동우의 반응을 본 유한성이 속으로 중얼거렸다.

의도적으로 강한 기운을 펼치기는 했지만 놈은 무언가를 느끼고 표정을 일그러뜨렸다.

그 정도로도 절정을 훌쩍 넘어선 고수라 할 만했다.

유한성은 의도적으로 강하게 펼친 기운을 흩뜨렸다. 그리고 조용히 초동우의 내부를 살폈다.

이제부터 놈은 아무것도 느끼지 못할 것이다.

"시작할까?"

휘리릭―

기분 나쁜 느낌에서 해방된 초동우가 검을 한 바퀴 돌렸다.

찌푸렸던 표정도 잠시, 그의 얼굴에는 제대로 된 상대를 만나 즐거워 죽겠다는 기색이 역력했다.

'피식!'

유한성은 속으로 웃었다.

상대에게 호흡이, 더 나아가 기의 흐름이 낱낱이 읽히고 있다는 것을 알았어도 그렇게 즐거울까?

아마 천리만리 도망치고 싶을 것이다.

'얼마나 더 즐거울지 두고 보지.'

스르릉―

입꼬리를 비튼 유한성도 검을 뽑았다.

적운검이 아침 햇살을 받아 번쩍! 하고 섬광을 토했다.

『무정철협』7권에 계속…

十萬
撃寸敵劍
Fantastic Oriental Heroes

십만대적검

오채지
新무협 판타지 소설

개파 이래 한 번도 고수를 배출한 적 없는
오지의 산중문파 제종산문.

무려 십칠 대에 이르러서야 마침내 괴물 같은 녀석이 나타났다!
하지만 그는 세상사에 초연하기만 하고,
속 터진 사부는 천일유수행(千日流水行)을 핑계 삼아
제자를 산문 밖으로 내쫓는데……

『십만대적검』!

바깥세상이 궁금하지 않았던 청년 장개산의
박력 넘치는 강호주유기!